Guillaume Apollinaire

Les onze mille verges

ou
les amours d'un hospodar

Préface de Michel Decaudin

J'AI LU

PRÉFACE

Dans sa préface à l'édition de 1930, Trois-étoiles défendait avec une passion froide encore surréaliste, mais plus pour longtemps, Les Onze Mille Verges *contre les moralistes de tout crin et contre Apollinaire lui-même. En 1963, c'est une postface que Toussaint Médecin-Molinier donnait à une édition nouvelle : il y confirmait par diverses preuves l'authenticité d'un texte encore mal connu du public et insistait sur son caractère de folle fantaisie.*

Aujourd'hui, cette œuvre réputée scandaleuse est sortie de la clandestinité. Il ne s'agit plus de l'invoquer contre les poèmes de guerre de Calligrammes, *ni d'en justifier l'attribution au poète d'*Alcools, *mais de la lire. Certains se lamenteront : encore une récupération opérée par la culture bourgeoise, à quand* Les Onze Mille Verges *dans les programmes universitaires? — Je dis : pourquoi pas? Faut-il que sa diffusion désamorce le livre? Et doit-on redouter sa présence à part entière dans les œuvres complètes d'Apollinaire? Il en résultera au contraire une lecture enrichie par des approches multipliées.*

Et d'abord une lecture qui se fera dans une version correcte. Les différentes éditions plus ou moins récentes ne comportent en effet pas moins d'une trentaine de fautes : sans parler du sous-titre « ou les amours d'un hospodar » délibérément supprimé, elles vont de la simple coquille, déjà grave (« tâter » pour « téter », quand il est question de l'« orphelin » de Mony, ça n'est pas rien!), à l'omission de mots, et même à celle d'une page entière, sans raison apparente. De plus, on avait cru bon de rectifier la ponctuation peu grammaticale, il est vrai, mais si expressive d'Apollinaire, qui est la pulsation même de la phrase.

Il fallait revenir à un texte correct. Nous avons choisi celui de l'édition originale de 1907. Certes, ce petit volume qui ne paie pas de mine n'est pas parfait : c'est le coup d'essai d'un imprimeur de Montrouge, spécialiste des commandes d'ouvrages clandestins et décidé à travailler pour son propre compte. Il contient un assez grand nombre de coquilles évidentes (fautes d'accord, par exemple, ou simples fautes d'orthographe) qu'il convenait de corriger; notre intervention a porté aussi sur quelques cas de ponctuation par trop aberrants. Mais, chaque fois que le doute était permis, le bénéfice en a été laissé à la leçon de l'originale. C'est donc une véritable restitution des Onze Mille Verges *de 1907 qui a été ici établie.*

Entre ce livre inavoué, sinon à quelques amis proches, et les autres œuvres d'Apollinaire, les liens profonds ne manquent pas. Les plus simples concernent, outre les particularités de ponctuation déjà signalées, des rapprochements linguistiques : le goût pour des mots comme bayer, Nissard, kellnerine — de préfé-

rence rousse —, nixe, pandiculation... le penchant à l'équivoque (dans le titre même qui fait allusion au martyre de sainte Ursule et des 11 000 vierges ses compagnes) ou aux échos sonores, comme au début du deuxième chapitre (« ... un verre de raki. — Chez qui? chez qui? ... si je mens. — Et comment ... je ne suis pas un noceur. — Et ta sœur? »), etc. Avis aux amateurs de statistiques et de calculs de fréquences. L'ordinateur qui avala tous les mots de Calligrammes *pour le Centre d'étude du vocabulaire français de la Faculté des Lettres et Sciences humaines de Besançon est toujours en service.*

L'attrait d'Apollinaire pour l'érudition montre aussi le bout de l'oreille. Il ne lui déplaît pas de souligner, sans doute en se rappelant une anecdote de la jeunesse de Casanova, que « mentule » est féminin, et « con » masculin, ni de suggérer que les testicules ne sont pas, comme une vaine étymologie le prétend, les témoins de l'acte amoureux, mais bien « les petites têtes qui recèlent la matière cervicale qui jaillit de la mentule ou petite intelligence ». A bon latiniste... Ailleurs, tout content d'insérer dans son récit une histoire japonaise (selon un procédé de collage également utilisé plus loin pour la confession de Katache et qu'il ne cessa d'employer en prose autant qu'en poésie), il se livre à une débauche d'exotisme nippon, écrivant d'ailleurs à la mode du XIXe siècle lotos pour lotus et sintoisme sans h.

D'autres confrontations sont plus curieuses. Le botcha *amant de Ninette est le frère du* botcha *Costantzing du conte* La Favorite *dans* Le Poète assassiné. *Le bel Egon, puni par où il avait péché et mourant empalé dans la souffrance et la jouissance, rappelle un autre giton (beau, lui, comme Atys), qui, juché par des garnements sur une grille, meurt « avec volupté peut-être » dans le premier des trois* Châtiments divins *de* L'Hérésiarque et Cie. *Les scènes de Saint-Pétersbourg ne sont pas sans annoncer le début de* La Femme assise. *Et ainsi de suite.*

Deux passages émergent. L'un est ce délicat paysage rhénan au petit matin, dont l'apparition inattendue succède à l'orgie meurtrière de l'Orient-Express (un Orient-Express qui d'ailleurs mène à Bucarest par un curieux itinéraire). « Le seul paysage rhénan décrit par Apollinaire », écrit R. d'Artois, agrégé d'allemand, dans son édition des Mémoires d'une chanteuse allemande. *Le seul? Voyons, cher collègue! Des vignes, une musique de fifres qu'on ne voit pas, un paysage qui s'éloigne, et des enfants, des vaches dans un pré, n'est-ce pas tout le paysage de* Mai, *ou celui des* Colchiques, *ne parlons pas de la prose, qui surgit soudainement, comme si, l'espace d'un instant, le regard de Wilhelm avait passé par les yeux de Mony?*

L'autre passage se situe à la fin du livre. Culculine demande au sculpteur Genmolay d'édifier une statue en souvenir de Mony Vibescu. Il se met en train par une séance de déchaînements où, avec Cornabœux, il est associé à Alexine et Culculine et, le lendemain, commence le travail. De la même façon, toutes proportions, et toutes conventions, gardées, au dernier chapitre du Poète assassiné *l'oiseau du Bénin décide avec Tristouse la construction d'un monument à Croniamantal, tous deux passent une journée avec le prince des poètes et sa mie dans le joli bois de Meudon et, le lendemain, est achevé un mémorial non moins « étonnant » que celui de Mony.*

Enfin, — encore un peu de pédantisme —, la dialectique du vrai et du faux, ce point focal de l'imaginaire apollinarien mis en valeur par toute la critique moderne, n'est-elle pas une des structures de ce ro-

man (une autre étant, comme pour Le Poète assassiné, *la géographie du voyage)? L'histoire de Vibescu, noble sans l'être tout en l'étant, dont le délire sadique a provoqué par hasard la victoire japonaise, se termine sur l'image d'une statue dont chacun interprète la signification à sa manière, après une mort qui confirme de façon ambiguë un serment ambigu et, d'une déficience, fait la raison de son immortalité, en passant par la mort tragique de Kilyému, étrangement conforme à ses vœux.*

Troublante identité des schémas. Louis Lelan a déjà suggéré que Les Exploits d'un jeune Don Juan *pouvaient bien être quelque chose comme un* Poète assassiné *en creux, une « œuvre au noir » répondant à l'œuvre en clair. Nos* 11 000 *seraient-elles, à leur tour, une sorte d'ombre portée qui souligne les formes de l'œuvre en les agrandissant?*

Aux psychanalystes d'entrer en lice. Ils nous apprendront que la cruauté agressive est toujours liée à l'amour chez notre poète; que son attrait pour les fesses et la sodomie, qui n'était pas simplement littéraire, son goût pour le mot « cul » (voir Alcools) *sont autant de signes de la crainte du sexe féminin et de la prédominance d'un stade régressif sadique-anal; que d'ailleurs la seule scène de castration du livre est hautement significative : Culculine la bien nommée n'arrache-t-elle pas d'un coup de dents — vagin denté! — le gland de la Chaloupe — ablation du phallus! Et que la suite de l'épisode n'est pas moins symbolique : la vengeance sadique de Cornabœux ne s'exerce pas sur le sexe féminin, ni sur la bouche qui fut son substitut actif, mais c'est « entre les deux fesses de Culculine » qu'il plante son couteau. La psychanalyse aura encore son mot à dire à propos de nombreuses situations qui sont apparemment de voyeurisme, en fait de frustration : un homme assiste aux ébats d'un couple, et plus souvent de deux femmes qui le repoussent, et il ne lui reste qu'à se masturber devant ce spectacle — le comble étant atteint par ce malaimé masochiste de Katache, qui raconte si complaisamment ses mésaventures (notons-le au passage, elles se déroulent en partie dans un des paysages affectifs d'Apollinaire au même titre que les bords du Rhin, Nice et Monaco).*

La piste est passionnante, mais dangereusement savonnée. Il est amusant de constater qu'elle rejoint, dans son sérieux, une notice aguichante de 1907, citée par Louis Perceau dans sa Bibliographie du roman érotique *d'après un catalogue clandestin de l'époque. Voici cette notice, à laquelle on peut supposer, avec Toussaint Médecin-Molinier, qu'Apollinaire a mis la main, sans en être le rédacteur :*

« Plus fort que le marquis de Sade », c'est ainsi qu'un critique célèbre a jugé *Les Onze Mille Verges*, le nouveau roman dont on parle à voix basse dans les salons les plus cossus de Paris et de l'étranger.

Ce volume a plu par sa nouveauté, par sa fantaisie impayable, par son audace à peine croyable.

Il laisse loin derrière lui les ouvrages les plus effrayants du divin marquis. Mais l'auteur a su mêler le charmant à l'épouvantable.

On n'a rien écrit de plus effrayant que l'orgie en sleeping-car, terminée par un double assassinat. Rien de plus touchant que l'épisode de la Japonaise Kilyému dont l'amant, tapette avérée, meurt empalé comme il a vécu.

Il y a des scènes de vampirisme sans précédent dont l'acteur principal est une infirmière de la Croix-

Rouge, belle comme un ange, qui, goule insatiable, viole les morts et les blessés.

Les beuglants et les bordels de Port-Arthur laissent rougeoyer dans ce livre les flammes obscènes de leurs lanternes.

Les scènes de pédérastie, de saphisme, de nécrophilie, de scatomanie, de bestialité se mêlent de la façon la plus harmonieuse.

Sadiques ou masochistes, les personnages des *Onze Mille Verges* appartiennent désormais à la littérature.

LA FLAGELLATION, cet art voluptueux dont on a pu dire que ceux qui l'ignorent ne connaissent pas l'amour, est traitée ici d'une façon absolument nouvelle.

C'est le roman de l'amour moderne écrit dans une forme parfaitement littéraire. L'auteur a osé tout dire, c'est vrai, mais sans aucune vulgarité.

Roman de l'amour moderne, c'est beaucoup dire; c'est surtout négliger les distances que prend Apollinaire avec l'amour et l'érotisme. « Les Onze Mille Verges *n'est pas un livre érotique », avait remarqué Trois-étoiles, « mais c'est peut-être le livre d'Apollinaire où l'humour apparaît le plus purement ». Et le rire, qui fait avec l'érotisme aussi mauvais ménage que l'humour. Les combinaisons des corps sont décrites avec une exagération qui les rend caricaturales, ou ramenées à des précisions comiques. Voyez Cornabœux, Mony et Mariette dans l'Orient-Express, on ne peut plus unis; et Mony de « gueuler » : « Cochon de chemin de fer! Nous n'allons pas pouvoir garder l'équilibre. » Trois-étoiles vous le disait bien : « Permettez-moi de vous faire remarquer que tout cela n'est pas sérieux ». Sade, oui! Rabelais, non! Le malheur est qu'Apollinaire, ce soit justement Sade accommodé à la sauce rabelaise.*

Le récit érotique a généralement des localisations spécifiques : un château, une maison à la campagne, un pays exotique — bref, un « ailleurs » indéterminé. A l'exception de quelques tirades visiblement plaquées, sur le wagnérisme, par exemple, le chant et l'Allemagne ont une fonction tout à fait secondaire dans les Mémoires d'une chanteuse allemande*; et les chapitres documentaires sont nettement séparés des épisodes érotiques dans* La Vénus indienne. *Le roman d'Apollinaire est au contraire nettement situé dans l'espace et le temps. Toussaint Médecin-Molinier l'a déjà signalé : la conjuration de Bucarest n'est pas une invention et Alexandre Obrénovitch est assassiné ainsi que sa femme Draga dans la nuit du 10 au 11 juin 1903; le siège de Port-Arthur s'achève par la victoire japonaise au début de 1905.*

Mais à cette trame historique, dans laquelle ses personnages sont insérés, il a mêlé quelques fils couleur de fantaisie. La comédienne Estelle Ronange qui a des démêlés avec l'administrateur de la Comédie-Française Jules Claretie et récite si bien L'Invitation au voyage *fait penser à Marguerite Moreno. Les tenanciers du bordel à la mode de Port-Arthur sont deux poètes symbolistes qu'on a tôt fait de reconnaître, non seulement à leurs noms transposés, mais à l'amorce de pastiche et aux allusions que constituent les vers qui leur sont attribués, Adolphe Retté-Terré et Tancrède de Visan-Tristan de Vinaigre. Viennent en revanche sans masque le nom du journaliste André Barre, seulement amputé de ses deux dernières lettres, et celui du fidèle ami Jean Mollet, devenu Genmolay et promu sculpteur.*

Faut-il préciser que les aventures prêtées aux uns et

aux autres sont absolument fictives? Ce n'est ici qu'un jeu, comme dans La Fin de Babylone *le personnage du « célèbre poète » Jahq Dhi-Sor, Jacques Dyssord, ou celui de Ramidegourmanzor — Remy de Gourmont.*

Mais le jeu n'est jamais absolument gratuit. Si André Barre est plaisamment mêlé à une sombre machination, c'est pour une raison que nous découvrons dans La Vie anecdotique *du* Mercure de France *du 16 janvier 1912, où Apollinaire, parlant de prophéties, raconte cette anecdote :*

M. André Barre, dont la thèse sur *le Symbolisme* a fait du bruit, a été célèbre en Europe, il y a quelques années. A cette époque, dans *l'Européen*, journal hebdomadaire, qui, paraissant à Paris, presque inconnu en France, jouissait d'une autorité européenne, M. André Barre publiait des notes sur la Serbie. Il combattait violemment la dynastie des Obrénovitch et, une semaine, il annonça la mort prochaine du couple royal.

La tragédie de Belgrade eut lieu peu de temps après cet article, qui avait été fort remarqué en Europe, et M. André Barre se trouva être, pendant quelques jours, l'homme du jour. Cependant, M. André Barre, que la politique étrangère n'intéressait probablement plus, poursuivit sa vocation littéraire. C'est dommage, car le rôle de prophète n'est pas à dédaigner.

Par un processus comparable d'insertion de l'imaginaire dans le réel, l'oiseau du Bénin est et n'est pas Picasso, Elvire Goulot est à la fois Irène Lagut et une création romanesque. La plaisanterie rejoint les arcanes de l'invention poétique, et l'auteur anonyme des Onze Mille Verges *l'Apollinaire du* Poète assassiné *ou de* La Femme assise.

Un autre anonyme qui avait cependant avoué son identité, Toussaint Médecin-Molinier, a déjà signalé l'existence d'un exemplaire dédicacé par Apollinaire à Pierre Mac Orlan. Voici une autre de ces rares dédicaces, en forme d'acrostiche sur le nom de Picasso; s'il est vrai qu'elle n'est signée comme le livre que des initiales G.A., son authenticité est indiscutable :

P rince roumain, Mony convergea vers l'amour
I l périt en servant les princes de l'Amour
C 'est un titre à la gloire énorme qu'il mérite
A toute heure il pouvait se servir de sa bitte
S on martyre lui vaut de flageller les dieux
S on nimbe est un gros cul qu'on nomme lune aux
[cieux
O Pable sois capable un jour de faire mieux.
G.A.

Michel Décaudin

1

Bucarest est une belle ville où il semble que viennent se mêler l'Orient et l'Occident. On est encore en Europe si l'on prend garde seulement à la situation géographique; mais on est déjà en Asie si l'on s'en rapporte à certaines mœurs du pays, aux Turcs, aux Serbes et autres races macédoniennes dont on aperçoit dans les rues de pittoresques spécimens. Pourtant c'est un pays latin, les soldats romains qui colonisèrent le pays avaient sans doute la pensée constamment tournée vers Rome, alors capitale du monde et chef-lieu de toutes les élégances. Cette nostalgie occidentale s'est transmise à leurs descendants : les Roumains pensent sans cesse à une ville où le luxe est naturel, où la vie est joyeuse. Mais Rome est déchue de sa splendeur, la reine des cités a cédé sa couronne à Paris et quoi d'étonnant que, par un phénomène atavique, la pensée des Roumains soit sans cesse tournée vers Paris, qui a si bien remplacé Rome à la tête de l'univers!

De même que les autres Roumains, le beau prince Vibescu songeait à Paris, la Ville-Lumière, où les femmes, toutes belles, ont toutes aussi la cuisse légère.

Lorsqu'il était encore au collège de Bucarest, il lui suffisait de penser à une Parisienne, à la Parisienne, pour bander et être obligé de se branler lentement, avec béatitude. Plus tard, il avait déchargé dans maints cons et culs de délicieuses Roumaines. Mais il le sentait bien, il lui fallait une Parisienne.

Mony Vibescu était d'une famille très riche. Son arrière-grand-père avait été hospodar, ce qui équivaut au titre de sous-préfet en France. Mais cette dignité s'était transmise de nom à la famille, et le grand-père et le père de Mony avaient chacun porté le titre de hospodar. Mony Vibescu avait dû également porter ce titre en l'honneur de son aïeul.

Mais il avait lu assez de romans français pour savoir se moquer des sous-préfets : « Voyons, disait-il, n'est-ce pas ridicule de se faire dire *sous-préfet* parce que votre aïeul l'a été? C'est grotesque, tout simplement! » Et pour être moins grotesque, il avait remplacé le titre d'hospodar-sous-préfet par celui de prince. « Voilà, s'écriait-il, un titre qui peut se transmettre par voie d'hérédité. Hospodar, c'est une fonction administrative, mais il est juste que ceux qui se sont distingués dans l'administration aient le droit de porter un titre. Je m'anoblis. Au fond, je suis un ancêtre. Mes enfants et mes petits-enfants m'en sauront gré. »

Le prince Vibescu était fort lié avec le vice-consul de Serbie : Bandi Fornoski qui, disait-on par la ville, enculait volontiers le charmant Mony. Un jour le prince s'habilla correctement et se dirigea vers le vice-consulat de Serbie. Dans la rue, tous le regardaient et les femmes le dévisageaient en se disant : « Comme il a l'air parisien! »

En effet, le prince Vibescu marchait comme on croit à Bucarest que marchent les Parisiens, c'est-à-dire à tout petits pas pressés et en tortillant le cul. C'est charmant! et lorsqu'un homme marche ainsi à Bucarest, pas une femme ne lui résiste, fût-elle l'épouse du Premier ministre.

Arrivé devant la porte du vice-consulat de Serbie, Mony pissa longuement contre la façade, puis il sonna. Un Albanais vêtu d'une fustanelle blanche vint lui ouvrir. Rapidement le prince Vibescu monta au premier étage. Le vice-consul Bandi Fornoski était tout nu dans son salon. Couché sur un sofa moelleux, il bandait ferme; près de lui se tenait Mira, une brune Monténégrine qui lui chatouillait les couilles. Elle était nue également et, comme elle était penchée, sa position faisait ressortir un beau cul bien rebondi, brun et duveté, dont la fine peau était tendue à craquer. Entre les deux fesses s'allongeait la raie bien fendue et poilue de brun, on apercevait le trou prohibé rond comme une pastille. Au-dessous, les deux cuisses, nerveuses et longues, s'allongeaient, et comme sa position forçait Mira à les écarter on pouvait voir le con, gras, épais, bien fendu et ombragé d'une épaisse crinière toute noire. Elle ne se dérangea pas lorsque entra Mony. Dans un autre coin, sur une chaise longue, deux jolies filles au gros cul se gougnottaient en poussant des petits « Ah! » de volupté. Mony se débarrassa rapidement de ses vêtements, puis le vit en l'air, bien bandant, il se précipita sur les deux gougnottes en essayant de les séparer. Mais ses mains glissaient sur leurs corps moites et polis qui se lovaient comme des serpents. Alors voyant qu'elles écumaient de volupté, et furieux de ne pouvoir la partager, il se mit à claquer de sa main ouverte le gros cul blanc qui se trouvait à sa portée. Comme cela semblait exciter considérablement la porteuse de ce gros cul, il se mit à taper de toutes ses forces, si bien que la douleur l'emportant sur la volupté, la jolie fille dont il avait rendu rose le joli cul blanc, se releva en colère en disant :

— Salop, prince des enculés, ne nous dérange pas, nous ne voulons pas de ton gros vit. Va donner ce sucre d'orge à Mira. Laisse-nous nous aimer. N'est-ce pas, Zulmé?

— Oui! Toné! répondit l'autre jeune fille.

Le prince brandit son énorme vit en criant :

— Comment, jeunes salaudes, encore et toujours à vous passer la main dans le derrière!

Puis saisissant l'une d'elles, il voulut l'embrasser sur la bouche. C'était Toné, une jolie brune dont le corps tout blanc avait, aux bons endroits, de jolis grains de beauté qui en rehaussaient la blancheur; son visage était blanc également et un grain de beauté sur la joue gauche rendait très piquante la mine de cette gracieuse fille. Sa poitrine était ornée de deux superbes tétons durs comme du marbre, cernés de bleu, surmontés de fraises rose tendre et dont celui de droite était joliment taché d'un grain de beauté placé là comme une mouche, une mouche assassine.

Mony Vibescu en la saisissant avait passé les mains sous son gros cul qui semblait un beau melon qui aurait poussé au soleil de minuit, tant il était blanc et plein. Chacune de ses fesses semblait avoir été taillée dans un bloc de carrare sans défaut et les cuisses qui descendaient en dessous étaient rondes comme les colonnes d'un temple grec. Mais quelle différence! Les cuisses étaient tièdes et les fesses étaient froides, ce qui est un signe de bonne santé. La fessée les avait rendues un peu roses, si bien qu'on eût dit de ces fesses qu'elles étaient faites de crème mêlée de framboises. Cette vue excitait à la limite de l'excitation le pauvre Vibescu. Sa bouche suçait tour à tour les tétons fermes de Toné ou bien se posant sur la gorge ou sur l'épaule y laissait des suçons. Ses mains tenaient fermement ce gros cul ferme comme une pastèque dure et pulpeuse. Il palpait ces fesses royales et avait insinué l'index dans un trou du cul d'une étroitesse à ravir. Sa grosse pine qui bandait de plus en plus venait battre en brèche un charmant con de corail surmonté d'une toison d'un noir luisant. Elle lui criait en roumain : « Non, tu ne me le mettras pas! » et en même temps elle gigotait de ses jolies cuisses rondes et potelées. Le gros vit de Mony avait déjà de sa tête rouge et enflammée touché le réduit humide de Toné. Celle-ci se dégagea encore, mais en faisant ce mouvement elle lâcha un pet, non pas un pet vulgaire mais un pet au son cristallin qui provoqua chez elle un rire violent et nerveux. Sa résistance se relâcha, ses cuisses s'ouvrirent et le gros engin de Mony avait déjà caché sa tête dans le réduit lorsque Zulmé, l'amie de Toné et sa partenaire en gougnottage, se saisit brusquement des couilles de Mony et, les pressant dans sa petite main, lui causa une telle douleur que le vit fumant ressortit de son domicile au grand désappointement de Toné qui commençait déjà à remuer son gros cul sous sa fine taille.

Zulmé était une blonde dont l'épaisse chevelure lui tombait jusqu'aux talons. Elle était plus petite que Toné, mais sa sveltesse et sa grâce ne lui cédaient en rien. Ses yeux étaient noirs et cernés. Dès qu'elle eut lâché les couilles du prince, celui-ci se jeta sur elle en disant : « Eh bien! tu vas payer pour Toné. » Puis, happant un joli téton, il commença à en sucer la pointe. Zulmé se tordait. Pour se moquer de Mony elle faisait remuer et onduler son ventre au bas duquel dansait une délicieuse barbe blonde bien frisée. En même temps elle ramenait en haut un joli con qui fendait une belle motte rebondie. Entre les lèvres de ce con rose frétillait un clitoris assez long qui prouvait ses habitudes de tribadisme. Le vit du prince essayait en vain de pénétrer dans ce réduit. Enfin, il empoigna les fesses et allait pénétrer lorsque Toné, fâchée d'avoir été frustrée de la décharge du superbe vit, se mit à chatouiller avec une plume de paon les talons du jeune homme. Il se mit à rire, à se tordre. La plume de paon le chatouillait toujours; des talons elle était remontée aux cuisses, à l'aine, au vit qui débanda rapidement.

Les deux coquines, Toné et Zulmé, enchantées de leur farce, rirent un bon moment, puis, rouges et essoufflées, elles reprirent leur gougnottage en s'embrassant et se léchant devant le prince penaud et stupéfié. Leurs culs se haussaient en cadence, leurs poils se mêlaient, leurs dents claquaient l'une contre l'autre, les satins de leurs seins fermes et palpitants se froissaient mutuellement. Enfin, tordues et gémissant de volupté, elles se mouillèrent réciproquement, tandis que le prince recommençait à bander. Mais les voyant l'une et l'autre si lasses de leur gougnottage, il se tourna vers Mira qui tripotait toujours le vit du vice-consul. Vibescu s'approcha doucement et faisant passer son beau vit dans les grosses fesses de Mira, il l'insinua dans le con entrouvert et humide de la jolie fille qui, dès qu'elle eut senti la tête du nœud qui la pénétrait, donna un coup de cul qui fit pénétrer complètement l'engin. Puis elle continua ses mouvements désordonnés, tandis que d'une main le prince lui branlait le clitoris et que de l'autre il lui chatouillait les nichons.

Son mouvement de va-et-vient dans le con bien serré semblait causer un vif plaisir à Mira qui le prouvait par des cris de volupté. Le ventre de Vibescu venait frapper contre le cul de Mira et la fraîcheur du cul de Mira causait au prince une aussi agréable sensation que celle causée à la jeune fille par la chaleur de son ventre. Bientôt, les mouvements devinrent plus vifs, plus saccadés, le prince se pressait contre Mira qui haletait en serrant les fesses. Le prince la mordit sur l'épaule et la tint comme ça. Elle criait :

— Ah! c'est bon... reste... plus fort... plus fort... tiens, tiens, prends tout. Donne-le-moi, ton foutre... Donne-moi tout... Tiens... Tiens!... Tiens!

Et dans une décharge commune ils s'affalèrent et restèrent un moment anéantis. Toné et Zulmé enlacées sur la chaise longue les regardaient en riant. Le vice-consul de Serbie avait allumé une mince cigarette de tabac d'Orient. Lorsque Mony se fut relevé, il lui dit :

— Maintenant, cher prince, à mon tour; j'attendais ton arrivée et c'est tout juste si je me suis fait tripoter le vit par Mira, mais je t'ai réservé la jouissance. Viens, mon joli cœur, mon enculé chéri, viens! que je te le mette.

Vibescu le regarda un moment puis, crachant sur le vit que lui présentait le vice-consul il proféra ces paroles :

— J'en ai assez à la fin d'être enculé par toi, toute la ville en parle.

Mais le vice-consul s'était dressé, bandant, et avait saisi un revolver.

Il en braqua le canon sur Mony qui, tremblant, lui tendit le derrière en balbutiant :

— Bandi, mon cher Bandi, tu sais que je t'aime, encule-moi, encule-moi.

Bandi en souriant fit pénétrer sa pine dans le trou élastique qui se trouvait entre les deux fesses du prince. Entré là, et tandis que les trois femmes le regardaient, il se démena comme un possédé en jurant :

— N... de D...! Je jouis, serre le cul, mon joli giton, serre, je jouis. Serre tes jolies fesses.

Et les yeux hagards, les mains crispées sur les épaules délicates, il déchargea. Ensuite Mony se lava, se rhabilla et partit en disant qu'il reviendrait après dîner. Mais arrivé chez lui, il écrivit cette lettre :

« Mon cher Bandi,

« J'en ai assez d'être enculé par toi, j'en ai assez des femmes de Bucarest, j'en ai assez de dépenser ici ma fortune avec laquelle je serais si heureux à Paris. Avant deux heures je serai parti. J'espère m'y amuser énormément et je te dis adieu.

« Mony, Prince Vibescu,
Hospodar héréditaire. »

Le prince cacheta la lettre, en écrivit une autre à son notaire où il le priait de liquider ses biens et de lui envoyer le tout à Paris dès qu'il saurait son adresse.

Mony prit tout l'argent liquide qu'il possédait, soit 50 000 francs, et se dirigea vers la gare. Il mit ses deux lettres à la poste et prit l'Express-Orient pour Paris.

2

— Mademoiselle, je ne vous ai pas plutôt aperçue que, fou d'amour, j'ai senti mes organes génitaux se tendre vers votre beauté souveraine et je me suis trouvé plus échauffé que si j'avais bu un verre de raki.

— Chez qui? Chez qui?

— Je mets ma fortune et mon amour à vos pieds. Si je vous tenais dans un lit, vingt fois de suite je vous prouverais ma passion. Que les onze mille vierges ou même onze mille verges me châtient si je mens!

— Et comment!

— Mes sentiments ne sont pas mensongers. Je ne parle pas ainsi à toutes les femmes. Je ne suis pas un noceur.

— Et ta sœur!

Cette conversation s'échangeait sur le boulevard Malesherbes, un matin ensoleillé. Le mois de mai faisait renaître la nature et les pierrots parisiens piaillaient l'amour sur les arbres reverdis. Galamment, le prince Mony Vibescu tenait ces propos à une jolie fille svelte qui, vêtue avec élégance, descendait vers la

Madeleine. Il la suivait avec peine tant elle marchait vite. Tout à coup, elle se retourna brusquement et éclata de rire :

— Aurez-vous bientôt fini; je n'ai pas le temps maintenant. Je vais voir une amie rue Duphot, mais si vous êtes prêt à entretenir deux femmes enragées de luxe et d'amour, si vous êtes un homme enfin, par la fortune et la puissance copulative, venez avec moi.

Il redressa sa jolie taille en s'écriant :

— Je suis un prince roumain, hospodar héréditaire.

— Et moi, dit-elle, je suis Culculine d'Ancône, j'ai dix-neuf ans, j'ai déjà vidé les couilles de dix hommes exceptionnels sous le rapport amoureux, et la bourse de quinze millionnaires.

Et devisant agréablement de diverses choses futiles ou troublantes le prince et Culculine arrivèrent rue Duphot. Ils montèrent au moyen d'un ascenseur jusqu'à un premier étage.

— Le prince Mony Vibescu... mon amie Alexine Mangetout.

La présentation fut faite très gravement par Culculine dans un boudoir luxueux décoré d'estampes japonaises obscènes.

Les deux amies s'embrassèrent en se passant des langues. Elles étaient grandes toutes deux mais sans excès.

Culculine était brune, des yeux gris pétillants de malice, et un grain de beauté poilu ornait le bas de sa joue gauche. Son teint était mat, son sang affluait sous la peau, ses joues et son front se ridaient facilement attestant ses préoccupations d'argent et d'amour.

Alexine était blonde, de cette couleur tirant sur la cendre comme on ne la voit qu'à Paris. Sa carnation claire semblait transparente. Cette jolie fille apparaissait, dans son charmant déshabillé rose, aussi délicate et aussi mutine qu'une marquise friponne de l'avant-dernier siècle.

La connaissance fut bientôt nouée et Alexine qui avait eu un amant roumain alla chercher sa photographie dans sa chambre à coucher. Le prince et Culculine l'y suivirent. Tous deux se précipitèrent sur elle et la déshabillèrent en riant. Son peignoir tomba, la laissant dans une chemise de batiste qui laissait voir un corps charmant, grassouillet, troué de fossettes aux bons endroits.

Mony et Culculine la renversèrent sur le lit et mirent à jour ses beaux tétons roses, gros et durs, dont Mony suça les pointes. Culculine se baissa et, relevant la chemise, découvrit des cuisses rondes et grosses qui se réunissaient sous le chat blond cendré comme les cheveux. Alexine poussant des petits cris de volupté, ramena sur le lit ses petits pieds qui laissèrent échapper des mules dont le bruit sur le sol fut sec. Les jambes bien écartées, elle haussait le cul sous le léchage de son amie en crispant ses mains autour du cou de Mony.

Le résultat ne fut pas long à se produire, ses fesses se serrèrent, ses ruades devinrent plus vives, elle déchargea en disant :

— Salauds, vous m'excitez, il faut me satisfaire.

— Il a promis de le faire vingt fois! dit Culculine, et elle se déshabilla.

Le prince fit comme elle. Ils furent nus en même temps, et tandis qu'Alexine gisait pâmée sur le lit, ils purent admirer leurs corps réciproquement. Le gros cul de Culculine se balançait délicieusement sous une taille très fine et les grosses couilles de Mony se gonflaient sous un énorme vit dont Culculine s'empara.

— Mets-le-lui, dit-elle, tu me le feras après.

Le prince approcha son membre du con entrouvert d'Alexine qui tressaillit à cette approche :

— Tu me tues! cria-t-elle.

Mais le vit pénétra jusqu'aux couilles et ressortit pour rentrer comme un piston. Culculine monta sur le lit et posa son chat noir sur la bouche d'Alexine, tandis que Mony lui léchait le troufignon. Alexine remuait son cul comme une enragée, elle mit un doigt dans le trou du cul de Mony qui banda plus fort sous cette caresse. Il ramena ses mains sous les fesses d'Alexine qui se crispaient avec une force incroyable, serrant dans le con enflammé l'énorme vit qui pouvait à peine y remuer.

Bientôt l'agitation des trois personnages fut extrême, leur respiration devint haletante. Alexine déchargea trois fois, puis ce fut le tour de Culculine qui descendit aussitôt pour venir mordiller les couilles de Mony. Alexine se mit à crier comme une damnée et elle se tordit comme un serpent lorsque Mony lui lâcha dans le ventre son foutre roumain. Culculine l'arracha aussitôt du trou et sa bouche vint prendre la place du vit pour laper le sperme qui en coulait à gros bouillons. Alexine, pendant ce temps, avait pris en bouche le vit de Mony qu'elle nettoya proprement en le faisant de nouveau bander.

Une minute après le prince se précipita sur Culculine, mais son vit resta à la porte chatouillant le clitoris. Il tenait dans sa bouche un des tétons de la jeune femme. Alexine les caressait tous les deux.

— Mets-le-moi, criait Culculine, je n'en peux plus.

Mais le vit était toujours au-dehors. Elle déchargea deux fois et semblait désespérée lorsque le vit brusquement la pénétra jusqu'à la matrice, alors folle d'excitation et de volupté elle mordit Mony à l'oreille si fort que le morceau lui resta dans la bouche. Elle l'avala en criant de toutes ses forces et remuant le cul magistralement. Cette blessure dont le sang coulait à flots, sembla exciter Mony, car il se mit à remuer plus fort et ne quitta le con de Culculine qu'après y avoir déchargé trois fois, tandis qu'elle-même déchargeait dix fois.

Quand il déconna, tous deux s'aperçurent avec étonnement qu'Alexine avait disparu. Elle revint bientôt avec des produits pharmaceutiques destinés à panser Mony et un énorme fouet de cocher de fiacre.

— Je l'ai acheté cinquante francs, s'écria-t-elle, au cocher de L'Urbaine 3 269, et il va nous servir à faire rebander le Roumain. Laisse-le se panser l'oreille, ma Culculine, et faisons 69 pour nous exciter.

Pendant qu'il étanchait son sang, Mony assista à ce spectacle émoustillant : tête-bêche, Culculine et Alexine se glottinaient avec entrain. Le gros cul d'Alexine, blanc et potelé, se dandinait sur le visage de Culculine; les langues, longues comme des vits d'enfants, marchaient ferme, la bave et le foutre se mêlaient, les poils mouillés se collaient et des soupirs à fendre l'âme, s'ils n'avaient été des soupirs de volupté, s'élevaient du lit qui craquait et geignait sous l'agréable poids des jolies filles.

— Viens m'enculer! cria Alexine.

Mais Mony perdait tant de sang qu'il n'avait plus envie de bander. Alexine se leva et saisissant le fouet du cocher de fiacre 3 269, un superbe perpignan tout neuf, le brandit et cingla le dos, les fesses de Mony qui, sous cette nouvelle douleur, oublia son oreille saignante et se mit à hurler. Mais Alexine, nue et semblable à une bacchante en délire, tapait toujours.

— Viens me fesser aussi! cria-t-elle à Culculine dont les yeux flamboyaient et qui vint fesser à tour de bras le gros cul agité d'Alexine. Culculine fut bientôt aussi excitée.

— Fesse-moi, Mony! supplia-t-elle, et celui-ci qui s'habituait à la correction, bien que son corps fût saignant, se mit à fesser les belles fesses brunes qui s'ouvraient et se fermaient en cadence. Quand il se mit à bander, le sang coulait, non seulement de l'oreille, mais aussi de chaque marque laissée par le fouet cruel.

Alexine se retourna alors et présenta ses belles fesses rougies à l'énorme vit qui pénétra dans la rosette, tandis que l'empalée criait en agitant le cul et les tétons. Mais Culculine les sépara en riant. Les deux femmes reprirent leur gamahuchage, tandis que Mony, tout saignant et relogé jusqu'à la garde dans le cul d'Alexine, s'agitait avec une vigueur qui faisait terriblement jouir sa partenaire. Ses couilles se balançaient comme les cloches de Notre-Dame et venaient heurter le nez de Culculine. A un moment le cul d'Alexine se serra avec une grande force à la base du gland de Mony qui ne put plus remuer. C'est ainsi qu'il déchargea à longs jets tété par l'anus avide d'Alexine Mangetout.

Pendant ce temps, dans la rue la foule s'amassait autour du fiacre 3 269 dont le cocher n'avait pas de fouet.

Un sergent de ville lui demanda ce qu'il en avait fait :

— Je l'ai vendu à une dame de la rue Duphot.

— Allez le racheter ou je vous fous une contravention.

— On y va, dit l'automédon, un Normand d'une force peu commune, et, après avoir pris des renseignements chez la concierge, il sonna au premier étage.

Alexine alla lui ouvrir à poil; le cocher en eut un

éblouissement et, comme elle se sauvait dans la chambre à coucher, il courut derrière, l'empoigna et lui mit en levrette un vit de taille respectable. Bientôt il déchargea en criant : « Tonnerre de Brest, bordel de Dieu, putain de salope! »

Alexine lui donnait des coups de cul et déchargea en même temps que lui, pendant que Mony et Culculine se tordaient de rire. Le cocher, croyant qu'ils se moquaient de lui, se mit dans une colère terrible.

— Ah! putains, maquereau, charogne, pourriture, choléra, vous vous foutez de moi! Mon fouet, où est mon fouet?

Et l'apercevant, il s'en saisit pour taper de toutes ses forces sur Mony, Alexine et Culculine dont les corps nus bondissaient sous les cinglées qui laissaient des marques saignantes. Puis il se mit à rebander et, sautant sur Mony, se mit à l'enculer.

La porte d'entrée était restée ouverte et le sergot, qui, ne voyant pas revénir le cocher, était monté, pénétra à cet instant dans la chambre à coucher; il ne fut pas long à sortir son vit réglementaire. Il l'insinua dans le cul de Culculine qui gloussait comme une poule et frissonnait au contact froid des boutons d'uniforme.

Alexine inoccupée prit le bâton blanc qui se balançait dans la gaine au côté du sergent de ville. Elle se l'introduisit dans le con et bientôt les cinq personnes se mirent à jouir effroyablement, tandis que le sang des blessures coulait sur les tapis, les draps et les meubles et pendant que dans la rue on emmenait en fourrière le fiacre abandonné 3 269 dont le cheval péta tout le long du chemin qu'il parfuma de façon nauséabonde.

3

Quelques jours après la séance que le cocher de fiacre 3 269 et l'agent de police avaient achevée de façon si bizarre, le prince Vibescu était à peine remis de ses émotions. Les marques de la flagellation s'étaient cicatrisées et il était mollement étendu sur un sofa dans un salon du Grand-Hôtel. Il lisait pour s'exciter les faits divers du *Journal*. Une histoire le passionnait. Le crime était épouvantable. Un plongeur de restaurant avait fait rôtir le cul d'un jeune marmiton, puis l'avait enculé tout chaud et saignant en mangeant les morceaux rôtis qui se détachaient du postérieur de l'éphèbe. Aux cris du Vatel en herbe, les voisins étaient accourus et on avait arrêté le sadique plongeur. L'histoire était racontée dans tous ses détails et le prince la savourait en se branlottant doucement la pine qu'il avait sortie.

A ce moment, on frappa. Une femme de chambre accorte, fraîche et toute jolie avec son bonnet et son tablier, entra sur l'ordre du prince. Elle tenait une lettre et rougit en voyant la tenue débraillée de Mony qui se reculotta :

— Ne vous en allez pas, mademoiselle la jolie blonde, j'ai deux mots à vous dire.

En même temps, il ferma la porte et, saisissant la jolie Mariette par la taille, il l'embrassa goulûment sur la bouche. Elle se débattit d'abord serrant très fort les lèvres, mais bientôt, sous l'étreinte, elle commença à s'abandonner, puis sa bouche s'ouvrit. La langue du prince y pénétra aussitôt mordue par Mariette dont la langue mobile vint chatouiller l'extrémité de celle de Mony.

D'une main, le jeune homme entourait sa taille, de l'autre, il relevait ses jupes. Elle ne portait pas de pantalon. Sa main fut rapidement entre deux cuisses grosses et rondes qu'on ne lui eût pas supposées car elle était grande et mince. Elle avait un con très poilu. Elle était très chaude et la main fut bientôt à l'intérieur d'une fente humide, tandis que Mariette s'abandonnait en avançant le ventre. Sa main à elle errait sur la braguette de Mony qu'elle arriva à déboutonner. Elle en sortit le superbe boutejoie qu'elle n'avait fait qu'apercevoir en entrant. Ils se branlaient doucement; lui, lui pinçant le clitoris; elle, pressant son pouce sur le méat du vit. Il la poussa sur le sofa où elle tomba assise. Il lui releva les jambes et se les mit sur les épaules, tandis qu'elle se dégrafait pour faire jaillir deux superbes tétons bandants qu'il se mit à sucer tour à tour en faisant pénétrer dans le con sa pine brûlante. Bientôt elle se mit à crier :

— C'est bon, c'est bon... comme tu le fais bien...

Alors elle donna des coups de cul désordonnés, puis il la sentit décharger en disant :

— Tiens... je jouis... tiens... prends tout.

Aussitôt après, elle lui empoigna brusquement la pine en disant :

— Assez pour ici.

Elle la sortit du con et se l'entra dans un autre trou tout rond, placé un peu plus bas, comme un œil de cyclope entre deux globes charnus, blancs et frais. La pine, lubrifiée par le foutre féminin, pénétra facilement et, après avoir culeté vivement, le prince lâcha tout son sperme dans le cul de la jolie femme de chambre. Ensuite il sortit sa pine qui fit : « floc », comme quand on débouche une bouteille et sur le bout il y avait encore du foutre mêlé d'un peu de merde. A ce moment, on sonna dans le corridor et Mariette dit : « Il faut que j'aille voir ». Et elle se sauva après avoir embrassé Mony qui lui mit deux louis dans la main. Dès qu'elle fut sortie, il se lava la queue, puis décacheta la lettre qui contenait ceci :

« *Mon beau Roumain,*

« *Que deviens-tu? Tu dois être remis de tes fatigues. Mais souviens-toi de ce que tu m'as dit :* Si je ne fais pas l'amour vingt fois de suite, que onze mille verges me châtient. *Tu ne l'as pas fait vingt fois, tant pis pour toi.*

« *L'autre jour tu as été reçu dans le foutoir d'Alexine, rue Duphot. Mais maintenant que nous te connaissons, tu peux venir chez moi. Chez Alexine, ce n'est pas possible. Elle ne peut même pas me recevoir, moi. C'est pour ça qu'elle a un foutoir. Son sénateur est trop jaloux. Moi je m'en fous; mon amant est explorateur, il est en train d'enfiler des perles avec des négresses de la Côte d'Ivoire. Tu peux venir chez moi, 214, rue de Prony. Nous t'attendons à quatre heures.* »

Culculine d'Ancône.

Sitôt qu'il eut lu cette lettre, le prince regarda

l'heure. Il était onze heures du matin. Il sonna pour faire monter le masseur qui le massa, et l'encula proprement. Cette séance le vivifia. Il prit un bain et il se sentait frais et dispos en sonnant pour le coiffeur qui le coiffa et l'encula artistiquement. Le pédicure-manucure monta ensuite. Il lui fit les ongles et l'encula vigoureusement. Alors le prince se sentit tout à fait à l'aise. Il descendit sur les boulevards, déjeuna copieusement, puis prit un fiacre qui le mena rue de Prony. C'était un petit hôtel, tout entier habité par Culculine. Une vieille bonne l'introduisit. Cette habitation était meublée avec un goût exquis.

On le fit entrer de suite dans une chambre à coucher dont le lit très bas et en cuivre était très large. Le parquet était recouvert de peaux de bêtes qui étouffaient le bruit des pas. Le prince se déshabilla rapidement et il était tout nu lorsque entrèrent Alexine et Culculine dans des déshabillés ravissants. Elles se mirent à rire et l'embrassèrent. Il commença par s'asseoir, puis prit les deux jeunes femmes chacune sur une de ses jambes, mais en relevant leur jupon de façon qu'elles restaient décemment habillées et qu'il sentait leurs culs nus sur ses cuisses. Puis il se mit à les branler chacune d'une main, tandis qu'elles lui chatouillaient le vit. Quand il les sentit bien excitées, il leur dit :

— Maintenant nous allons faire la classe.

Il les fit asseoir sur une chaise en face de lui et, après avoir réfléchi un instant, leur dit :

— Mesdemoiselles, je viens de sentir que vous n'avez pas de pantalon. Vous devriez avoir honte. Allez vite en mettre un.

Quand elles revinrent, il commença la classe.

— Mademoiselle Alexine Mangetout, comment s'appelle le roi d'Italie?

— Si tu crois que ça m'occupe, je n'en sais rien, dit Alexine.

— Allez vous mettre sur le lit, cria le professeur.

Il la fit mettre sur le lit à genoux et le dos tourné, lui fit relever les jupes et écarter la fente du pantalon d'où émergèrent les globes éclatants de blancheur des fesses. Alors il se mit à taper dessus du plat de la main; bientôt le postérieur commença à rougir. Cela excitait Alexine qui faisait beau cul, mais bientôt le prince lui-même n'y tint plus. Passant ses mains autour du buste de la jeune femme, il lui empoigna ses tétons sous le peignoir, puis, faisant descendre une main, il lui chatouilla le clitoris et sentit que son con était tout mouillé.

Ses mains à elle n'étaient pas inactives; elles avaient empoigné la pine du prince et l'avaient dirigée dans le sentier étroit de Sodome. Alexine se penchait de façon à ce que son cul ressortît mieux et pour faciliter l'entrée à la bitte de Mony.

Bientôt le gland fut dedans, le reste suivit et les couilles venaient battre au bas des fesses de la jeune femme. Culculine qui s'embêtait se mit aussi sur le lit et lécha le con d'Alexine qui, fêtée des deux côtés, jouissait à en pleurer. Son corps secoué par la volupté se tordait comme si elle souffrait. Il s'échappait de sa gorge des râles voluptueux. La grosse pine lui remplissait le cul et allant en avant, en arrière, venait heurter la membrane qui la séparait de la langue de Culculine qui recueillait le jus provoqué par ce passe-temps. Le ventre de Mony venait battre le cul d'Alexine. Bientôt le prince culeta plus fort. Il se mit à mordre le cou de la jeune femme. La pine s'enfla. Alexine ne put plus supporter tant de bonheur; elle s'affala sur la face de Culculine qui ne cessa pas de lécher, tandis que le prince la suivait dans sa chute, pine dans le cul. Encore quelques coups de reins, puis Mony lâcha son foutre. Elle resta étendue sur le lit tandis que Mony allait se laver et que Culculine se levait pour pisser. Elle prit un seau, se mit debout dessus, les jambes écartées, releva son jupon et pissa copieusement, puis, pour souffler les dernières gouttes qui restaient dans les poils, elle lâcha un petit pet tendre et discret qui excita considérablement Mony.

— Chie-moi dans les mains, chie-moi dans les mains! s'écria-t-il.

Elle sourit; il se mit derrière elle, tandis qu'elle baissait un peu le cul et commençait à faire des efforts. Elle avait un petit pantalon de batiste transparente au travers duquel on apercevait ses belles cuisses nerveuses. Des bas noirs à jour lui montaient au-dessus du genou et moulaient deux merveilleux mollets d'un galbe incomparable, ni trop gros ni trop maigres. Le cul ressortait dans cette position, admirablement encadré par la fente du pantalon. Mony regardait attentivement les deux fesses brunes et roses, duvetées, animées par un sang généreux. Il apercevait le bas de l'épine dorsale un peu saillante et en dessous, la raie culière commençait. D'abord large, puis s'étrécissant et devenant profonde au fur et à mesure que l'épaisseur des fesses augmentait; on arrivait ainsi jusqu'au troufignon brun et rond, tout plissé. Les efforts de la jeune femme eurent d'abord pour effet de dilater le trou du cul et de faire sortir un peu d'une peau lisse et rose qui se trouve à l'intérieur et ressemble à une lèvre retroussée.

— Chie donc! criait Mony.

Bientôt apparut un petit bout de merde, pointu et insignifiant, qui montra la tête et rentra aussitôt dans sa caverne. Il reparut ensuite, suivi lentement et majestueusement par le reste du saucisson qui constituait un des plus beaux étrons qu'un gros intestin eût jamais produit.

La merde sortait onctueuse et ininterrompue, filée avec calme comme un câble de navire. Elle pendillait gracieusement entre les jolies fesses qui s'écartaient de plus en plus. Bientôt elle se balança plus fort. Le cul se dilata encore plus, se secoua un peu et la merde tomba, toute chaude et fumante, dans les mains de Mony qui se tendaient pour la recevoir. Alors il cria « Reste comme ça! » et, se penchant, il lui lécha bien le trou du cul en faisant rouler l'étron dans ses mains. Ensuite il l'écrasa avec volupté, puis s'en enduisit tout le corps. Culculine se déshabillait pour faire comme Alexine qui s'était mise nue et montrait à Mony son gros cul transparent de blonde : « Chie-moi dessus! », cria Mony à Alexine en s'étendant par terre. Elle s'accroupit sur lui, mais pas complètement. Il pouvait jouir du spectacle offert par son trou du cul. Les premiers efforts eurent pour résultat de faire sortir un peu du foutre que Mony y avait mis; ensuite vint la merde, jaune et molle, qui tomba en plusieurs fois et, comme elle riait et se remuait, la merde tombait de côté et d'autre sur le corps de Mony qui eut bientôt le ventre orné de plusieurs de ces limaces odoriférantes.

Alexine avait pissé en même temps et le jet tout chaud, tombant sur la pine de Mony, avait réveillé ses esprits animaux. La quille commença à se soulever petit à petit en enflant jusqu'au moment où, arrivée à sa grosseur normale, le gland se tenait, rouge comme une grosse prune, sous les yeux de la jeune femme qui, s'en rapprochant, s'accroupit de plus en plus, faisant pénétrer la pine en érection entre les bords velus du con large ouvert. Mony jouissait du spectacle. Le cul d'Alexine, en se baissant, étalait de plus en plus sa rotondité appétissante. Ses rondeurs affriolantes s'affirmaient et l'écartement des fesses s'accusait de plus en plus. Quand le cul fut bien descendu, que la pine fut complètement engloutie, le cul se releva et commença un joli mouvement de va-et-vient qui modifiait son volume dans des proportions importantes et c'était un spectacle délicieux. Mony tout emmerdé jouissait profondément; bientôt il sentit le vagin se resserrer et Alexine dit d'une voix étranglée :

— Salaud, ça vient... je jouis! et elle lâcha sa semence. Mais Culculine qui avait assisté à cette opération et paraissait en chaleur, la tira brusquement de dessus son pal et se jetant sur Mony sans s'inquiéter de la merde qui la salit aussi, s'entra la queue dans le con en poussant un soupir de satisfaction. Elle commença à donner des coups de cul terribles en disant : « Han! » à chaque coup de reins. Mais Alexine dépitée d'avoir été dépossédée de son bien, ouvrit un tiroir et en tira un martinet fait de lanières de cuir. Elle commença à taper sur le cul de Culculine dont les bonds devinrent encore plus passionnés. Alexine, excitée par le spectacle, tapait dur et ferme. Les coups pleuvaient sur le superbe postérieur. Mony, penchant un peu la tête de côté, voyait, dans une glace qui faisait vis-à-vis, le gros cul de Culculine monter et s'abaisser. A la montée les fesses s'entrouvraient et la rosette apparaissait un instant pour disparaître à la descente quand les belles fesses joufflues se serraient. En dessous les lèvres poilues et distendues du con engloutissaient la pine énorme qui pendant la montée apparaissait presque entière et mouillée. Les coups d'Alexine eurent bientôt rougi complètement le pauvre cul qui maintenant tressaillait de volupté. Bientôt un coup laissa une marque saignante. Toutes les deux, celle qui tapait et celle qu'on fouettait, déliraient comme des bacchantes et semblaient jouir autant l'une que l'autre. Mony lui-même se mit à partager leur fureur et ses ongles labourèrent le dos satiné de Culculine. Alexine, pour taper commodément sur Culculine, se mit à genoux auprès du groupe. Son gros cul joufflu et secoué à chaque coup qu'elle donnait, se trouva à deux doigts de la bouche de Mony.

Sa langue fut bientôt dedans, puis la rage voluptueuse aidant, il se mit à mordre la fesse droite. La jeune femme poussa un cri de douleur. Les dents avaient pénétré et un sang frais et vermeil vint désaltérer le gosier oppressé de Mony. Il le lapa, goûtant fort son goût de fer légèrement salé. A ce moment, les bonds de Culculine devinrent désordonnés. Les yeux révulsés ne montraient que le blanc. Sa bouche tachée de la merde qui était sur le corps de Mony, elle poussa un gémissement et déchargea en même temps que Mony. Alexine tomba sur eux épuisée, râlante et grinçant des dents et Mony qui mit sa bouche dans son con n'eut qu'à donner deux ou trois coups de langue pour obtenir une décharge. Puis les nerfs se relâchèrent après quelques soubresauts et le trio s'étendit dans la merde, le sang et le foutre. Ils s'endormirent comme cela et lorsqu'ils se réveillèrent les douze coups de minuit tintaient à la pendule de la chambre :

— Ne bougeons pas, j'ai entendu du bruit, dit Culculine, ce n'est pas ma bonne, elle est habituée à ne pas s'occuper de moi. Elle doit être couchée.

Une sueur froide coulait sur le front de Mony et des deux jeunes femmes. Leurs cheveux se dressaient sur la tête et des frissons parcouraient leurs corps nus et merdeux.

— Il y a quelqu'un, ajouta Alexine.

— Il y a quelqu'un, approuva Mony.

A ce moment la porte s'ouvrit et le peu de lumière qui venait de la rue nocturne permit d'apercevoir deux ombres humaines vêtues de pardessus dont le col était relevé et coiffées de chapeaux melons.

Brusquement, le premier fit jaillir la clarté d'une lampe électrique qu'il tenait à la main. La lueur éclaira la pièce, mais les cambrioleurs n'aperçurent pas d'abord le groupe étendu sur le plancher.

— Ça sent très mauvais, dit le premier.

— Entrons tout de même, il doit y avoir du pèze dans les tiroirs, répliqua le second.

A ce moment, Culculine, qui s'était traînée vers le bouton de l'électricité, éclaira brusquement la pièce. Les cambrioleurs restèrent interdits devant ces nudités :

— Ben merde! dit le premier, foi de Cornabœux, vous avez du goût.

C'était un colosse brun dont les mains étaient poilues. Sa barbe en broussaille le rendait encore plus hideux.

— Mince de rigolade, dit le second, moi, la merde ça me va, ça porte bonheur.

C'était un pâle voyou borgne qui mâchonnait un mégot de cigarette éteinte.

— T'as raison, la Chaloupe, dit Cornabœux, je viens justement de marcher dedans et pour premier bonheur je crois que je vais enfiler Mademoiselle. Mais d'abord pensons au jeune homme.

Et se jetant sur Mony épouvanté, les cambrioleurs le bâillonnèrent et lui lièrent les bras et les jambes. Puis se tournant vers les deux femmes frissonnantes, mais un peu amusées, la Chaloupe dit :

— Et vous, les mômes, tâchez d'être gentilles, sans quoi je le dirai à Prosper.

Il avait une badine à la main et la donna à Culculine en lui ordonnant de taper sur Mony de toutes ses forces. Puis se plaçant derrière elle, il sortit une pine mince comme un petit doigt, mais très longue. Culculine commençait à s'amuser. La Chaloupe débuta par lui claquer les fesses en disant :

— Eh bien! mon gros joufflu, tu vas jouer de la flûte; moi je suis pour la terre jaune.

Il maniait et palpait ce gros cul duveteux et ayant passé une main sur le devant il maniait le clitoris, puis brusquement il entra la pine mince et longue. Culculine commença à remuer le cul en tapant sur Mony qui ne pouvant ni se défendre ni crier, gigotait comme un ver à chaque coup de baguette qui laissait une marque rouge bientôt violacée. Puis au fur et à mesure que l'enculade avançait, Culculine excitée tapait plus fort en criant :

— Salaud, tiens pour ta sale charogne... La Chaloupe, fais-moi entrer ton cure-dent jusqu'au fond.

Le corps de Mony fut bientôt saignant.

Pendant ce temps, Cornabœux avait empoigné Alexine et l'avait jetée sur le lit. Il commença par lui mordiller les nichons qui commencèrent à bander. Puis il descendit jusqu'au con et il le mit entier dans sa bouche, tandis qu'il tirait les jolis poils blonds et frisés de la motte. Il se releva et sortit sa pine énorme mais courte dont la tête était violette. Retournant Alexine, il se mit à fesser son gros cul rose; de temps en temps, il passait sa main dans sa raie culière. Puis il prit la jeune femme sur son bras gauche de façon à ce que son con fût à portée de la main droite. La gauche la tenait par la barbe du con... ce qui lui faisait mal. Elle se mit à pleurer et ses gémissements augmentèrent lorsque Cornabœux recommença à la fesser à tour de bras. Ses grosses cuisses roses se trémoussaient et le cul frissonnait chaque fois que s'abattait la grosse patte du cambrioleur. A la fin elle essaya de se défendre. De ses petites mains libres elle se mit à griffer sa face barbue. Elle lui tira les poils du visage comme il lui tirait la barbe du con :

— Ça va bien, dit Cornabœux et il la retourna.

A ce moment, elle aperçut le spectacle formé par la Chaloupe enculant Culculine qui tapait sur Mony déjà tout sanglant et cela l'excita. La grosse bitte de Cornabœux venait battre contre son derrière, mais il tapait à faux, se cognant à droite et à gauche ou bien un peu plus haut et un peu plus bas, puis quand il trouva le trou, il plaça ses mains sur les reins polis et potelés d'Alexine et la tira à lui de toutes ses forces. La douleur que lui causa cette énorme pine qui lui déchirait le cul l'aurait fait crier de douleur si elle n'avait pas été aussi excitée par tout ce qui venait de se passer. Aussitôt qu'il eut fait entrer la pine dans le cul, Cornabœux la ressortit, puis retournant Alexine sur le lit il lui enfonça son instrument dans le ventre. L'outil entra à grand-peine à cause de son énormité, mais dès qu'il fut dedans, Alexine croisa ses jambes sur les reins du cambrioleur et le tint si serré que même s'il avait voulu sortir il ne l'aurait pas pu. Le culetage fut enragé. Cornabœux lui suçait les tétons et sa barbe la chatouillait en l'excitant, elle passa une main dans le pantalon et fit entrer un doigt dans le trou du cul du cambrioleur. Ensuite ils se mirent à se mordre comme des bêtes sauvages en donnant des coups de cul. Ils déchargèrent frénétiquement. Mais la pine de Cornabœux, étranglée par le vagin d'Alexine, recommença à bander. Alexine ferma les yeux pour mieux savourer cette seconde étreinte. Elle déchargea quatorze fois pendant que Cornabœux déchargeait trois fois. Quand elle reprit ses esprits, elle s'aperçut que son con et son cul étaient saignants. Ils avaient été blessés par l'énorme bitte de Cornabœux. Elle aperçut Mony qui faisait des soubresauts convulsifs sur le sol.

Son corps n'était qu'une plaie.

Culculine, sur l'ordre du borgne la Chaloupe, lui suçait la queue, à genoux devant lui :

— Allons, debout, garce, cria Cornabœux.

Alexine obéit et il lui envoya dans le cul un coup de pied qui la fit tomber sur Mony. Cornabœux lui attacha les bras et les jambes et la bâillonna sans prendre garde à ses supplications et saisissant la badine, il se mit à zébrer de coups son joli corps de fausse maigre. Le cul tressaillait sous chaque coup de baguette, puis ce fut le dos, le ventre, les cuisses, les seins qui reçurent la dégelée. En gigotant et se débattant, Alexine rencontra la bitte de Mony qui bandait comme celle d'un cadavre. Elle s'accrocha par hasard au con de la jeune femme et y pénétra.

Cornabœux redoubla ses coups et tapa indistinctement sur Mony et Alexine qui jouissaient d'une façon atroce. Bientôt la jolie peau rose de la jeune blonde ne fut plus visible sous les zébrures et le sang qui coulait. Mony s'était évanoui, elle s'évanouit bientôt après. Cornabœux dont le bras commençait à être fatigué, se tourna vers Culculine qui essayait de tailler une plume à la Chaloupe. Mais le bougre ne pouvait pas décharger.

Cornabœux ordonna à la belle brune d'écarter les cuisses. Il eut beaucoup de peine à l'enfiler en levrette. Elle souffrit beaucoup mais stoïquement, ne lâchant pas la pine de la Chaloupe qu'elle suçait. Quand Cornabœux eut bien pris possession du con de Culculine, il lui fit lever le bras droit et lui mordilla les poils des aisselles où elle avait une touffe très épaisse. Quand la jouissance arriva, elle fut si forte que Culculine s'évanouit en mordant violemment la bitte de la Chaloupe. Il poussa un cri de douleur terrible, mais le gland était détaché. Cornabœux, qui venait de décharger, sortit brusquement son braquemart du con de Culculine qui tomba évanouie sur le sol. La Chaloupe perdait tout son sang.

— Mon pauvre la Chaloupe, dit Cornabœux, tu es foutu, il vaut mieux crever de suite, et, tirant un couteau, il en donna un coup mortel à la Chaloupe en secouant sur le corps de Culculine les dernières gouttes de foutre qui pendaient à son vit. La Chaloupe mourut sans dire « ouf ».

Cornabœux se reculotta soigneusement, vida tout l'argent des tiroirs et des vêtements, il prit aussi des bijoux, des montres. Puis il regarda Culculine qui gisait évanouie sur le sol.

— Il faut venger la Chaloupe, pensa-t-il et tirant de nouveau son couteau il en donna un coup terrible entre les deux fesses de Culculine qui resta évanouie. Cornabœux laissa le couteau dans le cul. Trois heures du matin sonnèrent aux horloges. Puis il sortit comme il était entré, laissant quatre corps étendus sur le sol de la pièce pleine de sang, de merde, de foutre et d'un désordre sans nom.

Dans la rue, il se dirigea allégrement vers Ménilmontant en chantant :

Un cul ça doit sentir le cul
Et non pas l'essence de Cologne...

et aussi :

Bec...que de gaz
Bec...que de gaz
Allume, allume, mon p'tit trognon.

4

Le scandale fut très grand. Les journaux parlèrent de cette affaire pendant huit jours. Culculine, Alexine et le prince Vibescu durent garder le lit pendant deux mois. Pendant sa convalescence, Mony entra un soir dans un bar, près de la gare Montparnasse. On y consomme du pétrole, ce qui est une boisson délectable pour les palais blasés sur les autres liqueurs.

En dégustant l'infâme tord-boyaux, le prince dévisageait les consommateurs. L'un d'eux, un colosse barbu, était vêtu en fort de la Halle et son immense chapeau farineux lui donnait l'air d'un demi-dieu de la fable prêt à accomplir un travail héroïque.

Le prince crut reconnaître le visage sympathique du cambrioleur Cornabœux. Tout à coup, il l'entendit demander un pétrole d'une voix tonitruante. C'était bien la voix de Cornabœux. Mony se leva et se dirigea vers lui la main tendue :

— Bonjour, Cornabœux, vous êtes aux Halles, maintenant?

— Moi, dit le fort surpris, comment me connaissez-vous?

— Je vous ai vu 214, rue de Prony, dit Mony d'un air dégagé.

— Ce n'est pas moi, répondit très effrayé Cornabœux, je ne vous connais pas, je suis fort aux Halles depuis trois ans et assez connu. Laissez-moi tranquille!

— Trêve de sottises, répliqua Mony. Cornabœux, tu m'appartiens. Je puis te livrer à la police. Mais tu me plais et si tu veux me suivre, tu seras mon valet de chambre, tu me suivras partout. Je t'associerai à mes plaisirs. Tu m'aideras et me défendras au besoin. Puis, si tu m'es bien fidèle, je ferai ta fortune. Réponds de suite.

— Vous êtes un bon zigue et vous savez parler. Topez là, je suis votre homme.

Quelques jours après, Cornabœux, promu au grade de valet de chambre, bouclait les valises. Le prince Mony était rappelé en toute hâte à Bucarest. Son intime ami, le vice-consul de Serbie, venait de mourir, lui laissant tous ses biens qui étaient importants. Il s'agissait de mines d'étain, très productives depuis quelques années, mais qu'il fallait surveiller de très près sous peine d'en voir immédiatement baisser le rapport. Le prince Mony, comme on l'a vu, n'aimait pas l'argent pour lui-même; il désirait le plus de richesses possible, mais seulement pour les plaisirs que l'or seul peut procurer. Il avait sans cesse à la bouche cette maxime, prononcée par l'un de ses aïeux : « Tout est à vendre; tout s'achète; il suffit d'y mettre le prix. »

Le prince Mony et Cornabœux avaient pris place dans l'Orient-Express; la trépidation du train ne manqua point de produire aussitôt son effet. Mony banda comme un Cosaque et jeta sur Cornabœux des regards enflammés. Au-dehors, le paysage admirable de l'Est de la France déroulait ses magnificences nettes et calmes. Le salon était presque vide; un vieillard podagre, richement vêtu, geignait en bavant sur *Le Figaro* qu'il essayait de lire.

Mony, qui était enveloppé dans un ample raglan, saisit la main de Cornabœux et, la faisant passer par la fente qui se trouve à la poche de ce vêtement commode, l'amena à sa braguette. Le colossal valet de chambre comprit le souhait de son maître. Sa grosse main était velue, mais potelée et plus douce qu'on n'aurait supposé. Les doigts de Cornabœux déboutonnèrent délicatement le pantalon du prince. Ils saisirent la pine en délire qui justifiait en tous points le distique fameux d'Alphonse Allais :

La trépidation excitante des trains
Nous glisse des désirs dans la moelle des reins.

Mais un employé de la Compagnie des Wagons-Lits qui entra, annonça qu'il était l'heure de dîner et que de nombreux voyageurs se trouvaient dans le wagon-restaurant.

— Excellente idée, dit Mony. Cornabœux, allons d'abord dîner!

La main de l'ancien fort sortit de la fente du raglan. Tous deux se dirigèrent vers la salle à manger. La pine du prince bandait toujours, et comme il ne s'était pas reculotté, une bosse proéminait à la surface du vêtement. Le dîner commença sans encombre, bercé par le bruit de ferrailles du train et par les cliquetis divers de la vaisselle, de l'argenterie et de la cristallerie, troublé parfois par le saut brusque d'un bouchon d'*Apollinaris*.

A une table, au fond opposé de celui où dînait Mony, se trouvaient deux femmes blondes et jolies.

Cornabœux qui les avait en face les désigna à Mony. Le prince se retourna et reconnut en l'une d'elles, vêtue plus modestement que l'autre, Mariette, l'exquise femme de chambre du Grand-Hôtel. Il se leva aussitôt et se dirigea vers ces dames. Il salua Mariette et s'adressa à l'autre jeune femme qui était jolie et fardée. Ses cheveux décolorés à l'eau oxygénée lui donnaient une allure moderne qui ravit Mony :

— Madame, lui dit-il, je vous prie d'excuser ma démarche. Je me présente moi-même, eu égard à la difficulté de trouver dans ce train des relations qui nous seraient communes. Je suis le prince Mony Vibescu, hospodar héréditaire. Mademoiselle que voici, c'est-à-dire Mariette, qui, sans doute, a quitté le service du Grand-Hôtel pour le vôtre, m'a laissé contracter envers elle une dette de reconnaissance dont je veux m'acquitter aujourd'hui même. Je veux la marier à mon valet de chambre et je leur constitue à chacun une dot de cinquante mille francs.

— Je n'y vois aucun inconvénient, dit la dame, mais voici quelque chose qui n'a pas l'air d'être mal constitué. A qui le destinez-vous?

La bitte de Mony avait trouvé une issue et montrait sa tête rubiconde entre deux boutons, devant le prince qui rougit en faisant disparaître l'engin. La dame se prit à rire.

— Heureusement que vous êtes placé de façon à ce que personne ne vous ait vu... ça en aurait fait du joli... Mais répondez donc, pour qui cet engin redoutable?

— Permettez-moi, dit galamment Mony, d'en faire l'hommage à votre beauté souveraine.

— Nous verrons ça, dit la dame, en attendant et puisque vous vous êtes présenté, je vais me présenter aussi... Estelle Ronange...

— La grande actrice du *Français*? demanda Mony.

La dame inclina la tête.

Mony, fou de joie, s'écria :

— Estelle, j'eusse dû vous reconnaître. Depuis longtemps j'étais votre admirateur passionné. En ai-je passé des soirées au Théâtre-Français, vous regardant dans vos rôles d'amoureuse? et pour calmer mon excitation, ne pouvant me branler en public, je me fourrais les doigts dans le nez, j'en tirais de la morve consistante et je la mangeais! C'était bon! C'était bon!

— Mariette, allez dîner avec votre fiancé, dit Estelle, Prince, dînez avec moi.

Dès qu'ils furent en face l'un de l'autre, le prince et l'actrice se regardèrent amoureusement :

— Où allez-vous? demanda Mony.

— A Vienne, jouer devant l'Empereur.

— Et le décret de Moscou?

— Le décret de Moscou, je m'en fous; je vais envoyer demain ma démission à Claretie... On me met à l'écart... On me fait jouer des pannes... on me refuse le rôle d'Eorakâ dans la nouvelle pièce de notre Mounet-Sully... Je pars... On n'étouffera pas mon talent.

— Récitez-moi quelque chose... des vers, demanda Mony.

Elle lui récita, tandis qu'on changeait les assiettes, *L'Invitation au Voyage*. Tandis que se déroulait l'admirable poème où Baudelaire a mis un peu de sa tristesse amoureuse, de sa nostalgie passionnée, Mony sentit que les petits pieds de l'actrice montaient le long de ses jambes : ils atteignirent sous le raglan le vit de Mony qui pendait tristement hors de la braguette. Là, les pieds s'arrêtèrent et, prenant délicatement le vit entre eux, ils commencèrent un mouvement de va-et-vient assez curieux. Durci subitement, le vit du jeune homme se laissa branler par les souliers délicats d'Estelle Ronange. Bientôt il commença à jouir et improvisa ce sonnet, qu'il récita à l'actrice dont le travail pédestre ne cessa pas jusqu'au dernier vers :

ÉPITHALAME

Tes mains introduiront mon beau membre asinin
Dans le sacré bordel ouvert entre tes cuisses
Et je veux l'avouer, en dépit d'Avinain,
Que me fait ton amour pourvu que tu jouisses!

Ma bouche à tes seins blancs comme des petits suis-
[ses
Fera l'honneur abject des suçons sans venin.
De ma mentule mâle en ton con féminin
Le sperme tombera comme l'or dans les sluices.

O ma tendre putain! tes fesses ont vaincu
De tous les fruits pulpeux le savoureux mystère,
L'humble rotondité sans sexe de la terre,

La lune, chaque mois, si vaine de son cul
Et de tes yeux jaillit même quand tu les voiles
Cette obscure clarté qui tombe des étoiles.

Et comme le vit était arrivé à la limite de l'excitation, Estelle baissa ses pieds en disant :

— Mon prince, ne le faisons pas cracher dans le wagon-restaurant; que penserait-on de nous?... Laissez-moi vous remercier pour l'hommage rendu à Corneille dans la pointe de votre sonnet. Bien que sur le point de quitter la *Comédie-Française*, tout ce qui intéresse la maison fait l'objet de mes constantes préoccupations.

— Mais, dit Mony, après avoir joué devant François-Joseph, que comptez-vous faire?

— Mon rêve, dit Estelle, serait de devenir étoile de café-concert.

— Prenez garde! repartit Mony. *L'obscur Monsieur Claretie qui tombe les étoiles* vous fera des procès sans fin.

— T'occupe pas de ça, Mony, fais-moi encore des vers avant d'aller au dodo.

— Bien, dit Mony, et il improvisa ces délicats sonnets mythologiques.

HERCULE ET OMPHALE

Le cul
D'Omphale
Vaincu
S'affale.

— « Sens-tu
Mon phalle
Aigu?
— « Quel mâle!...

Le chien
Me crève!...
Quel rêve?...

— ... Tiens bien? »
Hercule
L'encule.

PYRAME ET THISBÉ

Madame

Thisbé
Se pâme :
« Bébé! »

Pyrame
Courbé
L'entame :
« Hébé! »

La belle
Dit : « Oui! »
Puis elle

Jouit,
Tout comme
Son homme.

— C'est exquis! délicieux! admirable! Mony, tu es un poète archi-divin, viens me baiser dans le sleeping-car, j'ai l'âme foutative.

Mony régla les additions. Mariette et Cornabœux se regardaient langoureusement. Dans le couloir Mony glissa cinquante francs à l'employé de la Compagnie des Wagons-Lits qui laissa les deux couples s'introduire dans la même cabine :

— Vous vous arrangerez avec la douane, dit le prince à l'homme en casquette, nous n'avons rien à déclarer. Par exemple, deux minutes avant le passage de la frontière vous frapperez à notre porte.

Dans la cabine, ils se mirent tous les quatre à poil. Mariette fut la première nue. Mony ne l'avait jamais vue ainsi, mais il reconnut ses grosses cuisses rondes et la forêt de poils qui ombrageait son con rebondi. Ses tétons bandaient autant que les vits de Mony et de Cornabœux.

— Cornabœux, dit Mony, encule-moi pendant que je fourbirai cette jolie fille.

Le déshabillage d'Estelle était plus long et quand elle fut à poil, Mony s'était introduit en levrette dans le con de Mariette qui, commençant à jouir, agitait son gros postérieur et le faisait claquer contre le ventre de Mony. Cornabœux avait passé son nœud court et gros dans l'anus dilaté de Mony qui gueulait :

— Cochon de chemin de fer! Nous n'allons pas pouvoir garder l'équilibre.

Mariette gloussait comme une poule et titubait comme une grive dans les vignes. Mony avait passé les bras autour d'elle et lui écrasait les tétons. Il admira la beauté d'Estelle dont la dure chevelure décelait la main d'un coiffeur habile. C'était la femme moderne dans toute l'acception du mot : cheveux ondulés tenus par des peignes d'écaille dont la couleur allait avec la savante décoloration de la chevelure. Son corps était d'une joliesse charmante. Son cul était nerveux et relevé d'une façon provocante. Son visage fardé avec art lui donnait l'air piquant d'une putain de haut luxe. Ses seins tombaient un petit peu mais cela lui allait très bien, ils étaient petits, menus et en forme de poire. Quand on les maniait, ils étaient doux et soyeux, on aurait cru toucher les pis d'une chèvre laitière et, quand elle se tournait, ils sautillaient comme un mouchoir de batiste roulé en boule que l'on ferait danser sur la main.

Sur la motte, elle n'avait qu'une petite touffe de poils soyeux. Elle se mit sur la couchette et faisant une cabriole, jeta ses longues cuisses nerveuses autour du cou de Mariette qui, ayant ainsi le chat de sa maîtresse devant la bouche, commença à le glottiner gloutonnement, enfonçant le nez entre les fesses, dans le trou du cul. Estelle avait déjà fourré sa langue dans le con de sa soubrette et suçait à la fois l'intérieur d'un con enflammé et la grosse bitte de Mony qui s'y remuait avec ardeur. Cornabœux jouissait avec béatitude de ce spectacle. Son gros vit entré jusqu'à la garde dans le cul poilu du prince, allait et venait lentement. Il lâcha deux ou trois bons pets qui empuantirent l'atmosphère en augmentant la jouissance du prince et des deux femmes. Tout à coup, Estelle-se mit à gigoter effroyablement, son cul se mit à danser devant le nez de Mariette dont les gloussements et les tours de cul devinrent aussi plus forts. Estelle lançait à droite et à gauche ses jambes gainées de soie noire et chaussées de souliers à talons Louis XV. En remuant ainsi, elle donna un coup de pied terrible dans le nez de Cornabœux qui en fut étourdi et se mit à saigner abondamment. « Putain! » hurla Cornabœux et pour se venger il pinça violemment le cul de Mony. Celui-ci, pris de rage, mordit terriblement l'épaule de Mariette qui déchargeait en beuglant. Sous l'effet de la douleur, elle planta ses dents dans le con de sa maîtresse qui, hystériquement, serra ses cuisses autour de son cou.

— J'étouffe! articula difficilement Mariette, mais on ne l'écouta pas.

L'étreinte des cuisses devint plus forte. La face de Mariette devint violette, sa bouche écumante restait fixée sur le con de l'actrice.

Mony déchargeait, en hurlant, dans un con inerte. Cornabœux, les yeux hors de la tête, lâchait son foutre dans le cul de Mony en déclarant d'une voix lâche :

— Si tu ne deviens pas enceinte, t'es pas un homme!

Les quatre personnages s'étaient affalés. Etendue sur la couchette, Estelle grinçait des dents et donnait des coups de poing de tous côtés en agitant les jambes. Cornabœux pissait par la portière. Mony essayait de retirer son vit du con de Mariette. Mais il n'y avait pas moyen. Le corps de la soubrette ne remuait plus.

— Laisse-moi sortir, lui disait Mony, et il la caressait, puis il lui pinça les fesses, la mordit, mais rien n'y fit.

— Viens lui écarter les cuisses, elle est évanouie! dit Mony à Cornabœux.

C'est avec une grande peine que Mony put arriver à sortir son vit du con qui s'était effroyablement serré. Ils essayèrent ensuite de faire revenir Mariette, mais rien n'y fit :

— Merde! elle a crampsé, déclara Cornabœux. Et c'était vrai, Mariette était morte étranglée par les jambes de sa maîtresse, elle était morte, irrémédiablement morte.

— Nous sommes frais! dit Mony.

— C'est cette salope qui est cause de tout, déclara Cornabœux en désignant Estelle qui commençait à se calmer. Et prenant une brosse à tête dans le nécessaire de voyage d'Estelle, il se mit à lui taper dessus violemment. Les soies de la brosse la piquaient à chaque coup. Cette correction semblait l'exciter énormément.

A ce moment, on frappa à la porte.

— C'est le signal convenu, dit Mony, dans quelques instants nous passerons la frontière. Il faut, je l'ai juré, tirer un coup, moitié en France, moitié en Allemagne. Enfile la morte.

Mony, vit bandant, se rua sur Estelle qui, les cuisses écartées, le reçut dans son con brûlant en criant :

— Mets-le jusqu'au fond, tiens!... tiens!...

Les saccades de son cul avaient quelque chose de démoniaque, sa bouche laissait couler une bave qui, se mêlant avec le fard, dégoulinait infecte sur le menton et la poitrine; Mony lui mit sa langue dans la bouche et lui enfonça le manche de la brosse dans le trou du cul. Sous l'effet de cette nouvelle volupté, elle mordit si violemment la langue de Mony qu'il dut la pincer jusqu'au sang pour la faire lâcher.

Pendant ce temps, Cornabœux avait retourné le cadavre de Mariette dont la face violette était épouvantable. Il écarta les fesses et fit péniblement entrer son énorme vit dans l'ouverture sodomique. Alors il donna un libre cours à sa férocité naturelle. Ses mains arrachèrent touffes par touffes les cheveux blonds de la morte. Ses dents déchirèrent le dos d'une blancheur polaire, et le sang vermeil qui jaillit, vite coagulé, avait l'air d'être étalé sur de la neige.

Un peu avant la jouissance, il introduisit sa main dans la vulve encore tiède et y faisant entrer tout son bras, il se mit à tirer les boyaux de la malheureuse femme de chambre. Au moment de la jouissance il avait déjà tiré deux mètres d'entrailles et s'en était entouré la taille comme d'une ceinture de sauvetage.

Il déchargea en vomissant son repas tant à cause des trépidations du train qu'à cause des émotions qu'il avait ressenties. Mony venait de décharger et regardait avec stupéfaction son valet de chambre hoqueter affreusement en dégueulant sur le cadavre lamentable. Parmi les cheveux sanglants, les boyaux et le sang se mêlaient au dégueulis.

— Porc infâme, s'écria le prince, le viol de cette fille morte que tu devais épouser selon ma promesse, pèsera lourd sur toi dans la vallée de Josaphat. Si je ne t'aimais pas tant je te tuerais comme un chien.

Cornabœux se leva sanglant en refoulant les derniers hoquets de sa dégueulade. Il désigna Estelle dont les yeux dilatés contemplaient avec horreur le spectacle immonde :

— C'est elle qui est cause de tout, déclara-t-il.

— Ne sois pas cruel, dit Mony, elle t'a donné l'occasion de satisfaire tes goûts de nécrophile.

Et comme on passait sur un pont, le prince se mit à la portière pour contempler le panorama romantique du Rhin qui déployait ses splendeurs verdoyantes et se déroulait en larges méandres jusqu'à l'horizon. Il était quatre heures du matin, des vaches paissaient dans les prés, des enfants dansaient déjà sous des tilleuls germaniques. Une musique de fifres, monotone et mortuaire, annonçait la présence d'un régiment prussien et la mélopée se mêlait tristement au bruit de ferraille du pont et à l'accompagnement sourd du train en marche. Des villages heureux animaient les rives dominées par les burgs centenaires et les vignes rhénanes étalaient à l'infini leur mosaïque régulière et précieuse.

Quand Mony se retourna, il vit le sinistre Cornabœux assis sur le visage d'Estelle. Son cul de colosse couvrait la face de l'actrice. Il avait chié et la merde infecte et molle tombait de tous côtés.

Il tenait un énorme couteau et en labourait le ventre palpitant. Le corps de l'actrice avait des soubresauts brefs.

— Attends, dit Mony, reste assis.

Et, se couchant sur la mourante, il fit entrer son vit bandant dans le con moribond. Il jouit ainsi des derniers spasmes de l'assassinée, dont les dernières douleurs durent être affreuses, et il trempa ses bras dans le sang chaud qui jaillissait du ventre. Quand il eut déchargé, l'actrice ne remuait plus. Elle était raide et ses yeux révulsés étaient pleins de merde.

— Maintenant, dit Cornabœux, il faut se tirer des pieds.

Ils se nettoyèrent et s'habillèrent. Il était six heures du matin. Ils enjambèrent la portière et courageusement se couchèrent en long sur le marchepied du train lancé à toute vitesse. Puis, à un signal de Cornabœux, ils se laissèrent doucement tomber sur le ballast de la voie. Ils se relevèrent un peu étourdis, mais sans aucun mal, et saluèrent d'un geste délibéré le train qui déjà se rapetissait en s'éloignant.

— Il était temps! dit Mony.

Ils gagnèrent la première ville, s'y reposèrent deux jours, puis reprirent le train pour Bucarest.

Le double assassinat dans l'Orient-Express alimenta les journaux pendant six mois. On ne trouva pas les assassins et le crime fut mis au compte de Jack l'Eventreur, qui a bon dos.

A Bucarest, Mony recueillit l'héritage du vice-consul de Serbie. Ses relations avec la colonie serbe firent qu'il reçut, un soir, une invitation à passer la soirée chez Natacha Kolowitch, la femme du colonel emprisonné pour son hostilité contre la dynastie des Obrénovitch.

Mony et Cornabœux arrivèrent vers huit heures du soir. La belle Natacha était dans un salon tendu de noir, éclairé par des cierges jaunes et décoré de tibias et de têtes de morts :

— Prince Vibescu, dit la dame, vous allez assister à une séance secrète du comité anti-dynastique de Serbie. On votera, sans doute, ce soir, la mort de l'infâme Alexandre et de sa putain d'épouse, Draga Machine; il s'agit de rétablir le roi Pierre Karageorgevitch sur le trône de ses ancêtres. Si vous révélez ce que vous verrez et entendrez, une main invisible vous tuera, où que vous soyez.

Mony et Cornabœux s'inclinèrent. Les conjurés arrivèrent un par un. André Bar, le journaliste parisien, était l'âme du complot. Il arriva, funèbre, enveloppé dans une cape à l'espagnole.

Les conjurés se mirent nus et la belle Natacha montra sa nudité merveilleuse. Son cul resplendissait et son ventre disparaissait sous une toison noire et frisée qui montait jusqu'au nombril.

Elle se coucha sur une table couverte d'un drap noir. Un pope entra vêtu d'habits sacerdotaux, il disposa les vases sacrés et commença à dire la messe sur le ventre de Natacha. Mony se trouvait près de Natacha, elle lui saisit le vit et commença à le sucer pendant que la messe se déroulait. Cornabœux s'était jeté sur André Bar et l'enculait tandis que celui-ci disait lyriquement :

— Je le jure par cet énorme vit qui me réjouit jusqu'au fond de l'âme, la dynastie des Obrénovitch doit s'éteindre avant peu. Pousse Cornabœux! Ton enculade me fait bander.

Se plaçant derrière Mony, il l'encula tandis que celui-ci déchargeait son foutre dans la bouche de la belle Natacha. A cet aspect, tous les conjurés s'enculèrent frénétiquement. Ce n'était, dans la salle, que culs nerveux d'hommes emmanchés de vits formidables.

Le pope se fit branler deux fois par Natacha et son foutre ecclésiastique s'étalait sur le corps de la belle colonelle.

— Qu'on amène les époux, s'écria le pope.

On introduisit un couple étrange : un petit garçon de dix ans en habit, le chapeau claque sous le bras, accompagné d'une petite fille ravissante qui n'avait pas plus de huit ans; elle était vêtue en mariée, son vêtement de satin blanc était orné de bouquets de fleurs d'oranger.

Le pope lui fit un discours et les maria par l'échange de l'anneau. Ensuite, on les engagea à forniquer. Le petit garçon tira une quéquette pareille à un petit doigt et la nouvelle mariée retroussant ses jupons à falbalas montra ses petites cuisses blanches en haut desquelles bayait une petite fente imberbe et rose comme l'intérieur du bec ouvert d'un geai qui vient de naître. Un silence religieux planait sur l'assemblée. Le petit garçon s'efforça d'enfiler la petite fille. Comme il ne pouvait y parvenir, on le déculotta et pour l'exciter, Mony le fessa gentiment, tandis que Natacha du bout de la langue lui titillait son petit gland et les couillettes. Le petit garçon commença à bander et put ainsi dépuceler la petite fille. Quand ils se furent escrimés pendant dix minutes, on les sépara et Cornabœux saisissant le petit garçon lui défonça le fondement au moyen de son braquemart puissant. Mony ne put tenir contre son envie de baiser la petite fille. Il la saisit, la mit à cheval sur ses cuisses et lui enfonça dans son minuscule vagin son bâton vivant. Les deux enfants poussaient des cris effroyables et le sang coulait autour des vits de Mony et de Cornabœux.

Ensuite on plaça la petite fille sur Natacha et le pope qui venait de terminer sa messe lui releva ses jupes et se mit à fesser son petit cul blanc et charmant. Natacha se releva alors et, enfourchant André Bar assis dans un fauteuil, elle se pénétra de l'énorme vit du conjuré. Ils commencèrent une vigoureuse Saint-Georges, comme disent les Anglais.

Le petit garçon, à genoux devant Cornabœux, lui pompait le dard en pleurant à chaudes larmes. Mony enculait la petite fille qui se débattait comme un lapin qu'on va égorger. Les autres conjurés s'enculaient avec des mines effroyables. Ensuite Natacha se leva et se retournant tendit son cul à tous les conjurés qui vinrent le baiser à tour de rôle. A ce moment, on fit entrer une nourrice à visage de madone et dont les énormes nénés étaient gonflés d'un lait généreux. On la fit mettre à quatre pattes et le pope se mit à la traire, comme une vache, dans les vases sacrés. Mony enculait la nourrice dont le cul d'une blancheur resplendissante était tendu à craquer. On fit pisser la petite fille de façon à remplir les calices. Les conjurés communièrent alors sous les espèces du lait et du pipi.

Puis saisissant des tibias, ils jurèrent la mort d'Alexandre Obrénovitch et de sa femme Draga Machine.

La soirée se termina d'une façon infâme. On fit monter de vieilles femmes dont la plus jeune avait soixante-quatorze ans et les conjurés les baisèrent de toutes les manières. Mony et Cornabœux se retirèrent dégoûtés vers trois heures du matin. Rentré chez lui le prince se mit à poil et tendit son beau cul au cruel Cornabœux qui l'encula huit fois de suite sans déculer. Ils appelaient ces séances quotidiennes : leur jouissette pénétrante.

Pendant quelque temps Mony mena cette vie monotone à Bucarest. Le roi de Serbie et sa femme furent assassinés à Belgrade. Leur meurtre appartient à l'histoire et il a été déjà diversement jugé. La guerre entre le Japon et la Russie éclata ensuite.

Un matin, le prince Mony Vibescu, tout nu et beau comme l'Apollon du Belvédère, faisait 69 avec Cornabœux. Tous deux suçaient goulûment leurs sucres d'orge respectifs et soupesaient avec volupté des rouleaux qui n'avaient rien à voir avec ceux des phonographes. Ils déchargèrent simultanément et le prince avait la bouche pleine de foutre lorsqu'un valet de chambre anglais et fort correct entra, tendant une lettre sur un plateau de vermeil.

La lettre annonçait au prince Vibescu qu'il était nommé lieutenant en Russie, à titre étranger, dans l'armée du général Kouropatkine.

Le prince et Cornabœux manifestèrent leur enthousiasme par des enculades réciproques. Ils s'équipèrent ensuite et se rendirent à Saint-Pétersbourg avant de rejoindre leur corps d'armée.

— La guerre, ça me va, déclara Cornabœux, et les culs des Japonais doivent être savoureux.

— Les cons des Japonaises sont certainement délectables, ajouta le prince en tortillant sa moustache.

5

— Son Excellence le général Kokodryoff ne peut recevoir en ce moment. Il trempe sa mouillette dans son œuf à la coque.

— Mais, répondit Mony au concierge, je suis son officier d'ordonnance. Vous autres, Pétropolitains, vous êtes ridicules avec vos suspections continuelles... Vous voyez mon uniforme! On m'a appelé à Saint-Pétersbourg, ce n'était pas, je suppose, dans le but de m'y faire subir les rebuffades des portiers?

— Montrez-moi vos papiers! dit le cerbère, un Tatar colossal.

— Voilà! prononça sèchement le prince en mettant son revolver sous le nez du pipelet terrifié qui s'inclina pour laisser passer l'officier.

Mony monta rapidement (en faisant sonner ses éperons) au premier étage du palais du général prince Kokodryoff avec lequel il devait partir pour l'Extrême-Orient. Tout était désert et Mony, qui n'avait vu son général que la veille chez le Tsar, s'étonnait de cette réception. Le général lui avait pourtant donné rendez-vous et c'était l'heure exacte qui avait été fixée.

Mony ouvrit une porte et pénétra dans un grand salon désert et sombre qu'il traversa en murmurant :

— Ma foi, tant pis, le vin est tiré, il faut le boire. Continuons nos investigations.

Il ouvrit une nouvelle porte qui se referma d'elle-même sur lui. Il se trouva dans une pièce plus obscure encore que la précédente.

Une voix douce de femme dit en français :

— Fédor, est-ce toi?

— Oui, c'est moi, mon amour! dit à voix basse, mais résolument, Mony dont le cœur battait à se rompre.

Il s'avança rapidement du côté d'où venait la voix et trouva un lit. Une femme était couchée dessus tout habillée. Elle étreignit Mony passionnément en lui dardant sa langue dans la bouche. Celui-ci répondait à ses caresses. Il lui releva les jupes. Elle écarta les cuisses. Ses jambes étaient nues et un parfum délicieux de verveine émanait de sa peau satinée, mêlé aux effluves de l'*odor di femina*. Son con où Mony portait la main était humide. Elle murmurait :

— Baisons... Je n'en peux plus... Méchant, voilà huit jours que tu n'es pas venu.

Mais Mony au lieu de répondre avait sorti sa pine menaçante et, tout armé il monta sur le lit et fit entrer son braquemart en colère dans la fente poilue de l'inconnue qui aussitôt agita les fesses en disant :

— Entre bien... Tu me fais jouir...

En même temps elle porta sa main au bas du membre qui la fêtait et se mit à tâter ces deux petites boules qui servent d'appendages et que l'on appelle testicules, non pas, comme on le dit communément, parce qu'elles servent de témoins à la consommation de l'acte amoureux, mais plutôt parce qu'elles sont les petites têtes qui recèlent la matière cervicale qui jaillit de la mentule ou petite intelligence, de même que la tête contient la cervelle qui est le siège de toutes les fonctions mentales.

La main de l'inconnue tâtait soigneusement les couilles de Mony. Tout à coup, elle poussa un cri et d'un coup de cul elle délogea son fouteur :

— Vous me trompez, monsieur, s'écria-t-elle, mon amant en a trois.

Elle sauta du lit, tourna un bouton d'électricité et la lumière fut.

La pièce était simplement meublée : un lit, des chaises, une table, une toilette, un poêle. Quelques photographies étaient sur la table et l'une représentait un officier à l'air brutal, vêtu de l'uniforme du régiment de Préobrajenski.

L'inconnue était grande. Ses beaux cheveux châtains étaient un peu en désordre. Son corsage ouvert montrait une poitrine rebondie, formée par des seins blancs veinés de bleu qui reposaient douillettement dans un nid de dentelle. Ses jupons étaient chastement baissés. Debout, le visage exprimant à la fois la colère et la stupéfaction, elle se tenait devant Mony qui était assis sur le lit, la pine en l'air et les mains croisées sur la poignée de son sabre :

— Monsieur, dit la jeune femme, votre insolence est digne du pays que vous servez. Jamais un Français n'aurait eu la goujaterie de profiter comme vous d'une circonstance aussi imprévue. Sortez, je vous le commande.

— Madame ou Mademoiselle, répondit Mony, je suis un prince roumain, nouvel officier d'état-major du prince Kokodryoff. Récemment arrivé à Saint-Pétersbourg, j'ignore les usages de cette cité et, n'ayant pu pénétrer ici, bien que j'y eusse rendez-vous avec mon chef, qu'en menaçant le portier de mon revolver, j'eusse cru agir sottement en ne satisfaisant pas une femme qui semblait avoir besoin de sentir un membre dans son vagin.

— Vous auriez dû au moins, dit l'inconnue en regardant le membre viril qui battait la mesure, avertir que vous n'étiez pas Fédor, et maintenant allez-vous-en.

— Hélas! s'écria Mony, vous êtes parisienne pourtant, vous ne devriez pas être bégueule... Ah! qui me rendra Alexine Mangetout et Culculine d'Ancône.

— Culculine d'Ancône! s'exclama la jeune femme, vous connaissez Culculine? Je suis sa sœur Hélène Verdier; Verdier c'est aussi son vrai nom et je suis institutrice de la fille du général. J'ai un amant, Fédor. Il est officier. Il a trois couilles.

A ce moment on entendit un grand brouhaha dans la rue. Hélène alla voir. Mony regarda derrière elle. Le régiment de Préobrajenski passait. La musique jouait un vieil air sur lequel les soldats chantaient tristement :

Ah! que ta mère soit foutue!
Pauvre paysan, pars en guerre,
Ta femme se fera baiser
Par les taureaux de ton étable.
Toi, tu te feras chatouiller le vit
Par les mouches sibériennes
Mais ne leur rends pas ton membre
Le vendredi, c'est jour maigre
Et ce jour-là ne leur donne pas de sucre non plus.
Il est fait avec des os de mort.
Baisons, mes frères paysans, baisons
La jument de l'officier.
Elle a le con moins large
Que les filles des Tatars.
Ah! que ta mère soit foutue!

Tout à coup la musique cessa, Hélène poussa un cri. Un officier tourna la tête. Mony qui venait de voir sa photographie reconnut Fédor qui salua de son sabre en criant :

— Adieu, Hélène, je pars en guerre... Nous ne nous reverrons plus.

Hélène devint blanche comme une morte et tomba évanouie dans les bras de Mony qui la transporta sur le lit.

Il lui ôta d'abord son corset et les seins se dressèrent. C'était deux superbes tétons dont la pointe était rose. Il les suça un peu, puis dégrafa la jupe qu'il enleva ainsi que les jupons et le corsage. Hélène resta en chemise. Mony très excité releva la toile blanche qui cachait les trésors incomparables de deux jambes sans défaut. Les bas montaient jusqu'à mi-cuisses et les cuisses étaient rondes comme des tours d'ivoire. Au bas du ventre se cachait la grotte mystérieuse dans un bois sacré fauve comme les automnes. Cette toison était épaisse et les lèvres serrées du con ne laissaient apercevoir qu'une raie semblable à une coche mnémonique sur les poteaux qui servaient de calendriers aux Incas.

Mony respecta l'évanouissement d'Hélène. Il lui retira les bas et commença à lui faire petit salé. Ses pieds étaient jolis, potelés comme des pieds de bébé. La langue du prince commença par les orteils du pied droit. Il nettoya consciencieusement l'ongle du gros orteil, puis passa entre les jointures. Il s'arrêta longtemps sur le petit orteil qui était mignon, mignon. Il reconnut que le pied droit avait le goût de framboise. La langue lécheuse fouilla ensuite les plis du pied gauche auquel Mony trouva une saveur qui rappelait celle du jambon de Mayence.

A ce moment Hélène ouvrit les yeux et remua. Mony arrêta ses exercices de petit salé et regarda la jolie fille grande et potelée s'étirer en pandiculation. Sa bouche ouverte pour le bâillement montra une langue rose entre les dents courtes et ivoirines. Elle sourit ensuite.

HÉLÈNE. — Prince, dans quel état m'avez-vous mise?

MONY. — Hélène! c'est pour votre bien que je vous ai mise à votre aise. J'ai été pour vous un bon Samaritain. Un bienfait n'est jamais perdu et j'ai trouvé une récompense exquise dans la contemplation de vos charmes. Vous êtes exquise et Fédor est un heureux gaillard.

HÉLÈNE. — Je ne le verrai plus hélas! Les Japonais vont le tuer.

MONY. — Je voudrais bien le remplacer, mais par malheur, je n'ai pas trois couilles.

HÉLÈNE. — Ne parle pas comme ça Mony, tu n'en as pas trois, c'est vrai, mais ce que tu as est aussi bien que le sien.

MONY. — Est-ce vrai, petite cochonne? Attends que je déboucle mon ceinturon... C'est fait. Montre-moi ton cul... comme il est gros, rond et joufflu... On dirait un ange en train de souffler... Tiens! il faut que je te fesse en l'honneur de ta sœur Culculine... clic, clac, pan, pan...

HÉLÈNE. — Aïe! aïe! aïe! Tu m'échauffes, je suis toute mouillée.

MONY. — Comme tu as les poils épais... clic, clac; il faut absolument que je le fasse rougir ton gros visage postérieur. Tiens, il n'est pas fâché, quand tu le remues un peu on dirait qu'il rigole.

HÉLÈNE. — Approche-toi que je te déboutonne, montre-le-moi ce gros poupon qui veut se réchauffer dans le sein de sa maman. Qu'il est joli! Il a une petite tête rouge et pas de cheveux. Par exemple, il a des poils en bas à la racine et ils sont durs et noirs. Comme il est beau, cet orphelin... mets-le-moi, dis! Mony, je veux le téter, le sucer, le faire décharger...

MONY. — Attends que je te fasse un peu feuille de rose...

HÉLÈNE. — Ah! c'est bon, je sens ta langue dans la raie de mon cul... Elle entre et fouille les plis de ma rosette. Ne le déplisse pas trop le pauvre troufignon, n'est-ce pas Mony? Tiens! je te fais beau cul. Ah! tu as fourré ta figure entière entre mes fesses... Tiens, je pète... Je te demande pardon, je n'ai pas pu me retenir!... Ah! tes moustaches me piquent et tu baves... cochon... tu baves. Donne-la-moi, ta grosse bitte, que je la suce... j'ai soif...

MONY. — Ah! Hélène, comme ta langue est habile. Si tu enseignes aussi bien l'orthographe que tu tailles les plumes tu dois être une institutrice épatante... Oh! tu me picotes le trou du gland avec la langue... Maintenant, je la sens à la base du gland... tu nettoyes le repli avec ta langue chaude. Ah! fellatrice sans pareille, tu glottines incomparablement!... Ne suce pas si fort. Tu me prends le gland entier dans ta petite bouche. Tu me fais mal... Ah! Ah! Ah! Ah! Tu me chatouilles tout le vit... Ah! Ah! Ne m'écrase pas les couilles... tes dents sont pointues... C'est ça, reprends la tête du nœud, c'est là qu'il faut travailler... Tu l'aimes bien, le gland?... petite truie... Ah! Ah!... Ah!... Ah!... je... dé...charge... cochonne... elle a tout avalé... Tiens, donne-le-moi, ton gros con, que je te gamahuche pendant que je rebanderai...

HÉLÈNE. — Va plus fort... Agite bien ta langue sur mon bouton... Le sens-tu grossir mon clitoris... dis... fais-moi les ciseaux... C'est ça... Enfonce bien le pouce dans le con et l'index dans le cul. Ah! c'est bon!... c'est bon!... Tiens! entends-tu mon ventre qui gargouille de plaisir... C'est ça, ta main gauche sur mon nichon gauche... Ecrase la fraise... Je jouis... Tiens!... les sens-tu mes tours de cul, mes coups de reins... salaud! c'est bon... viens me baiser. Donne-moi vite ta bitte que je la suce pour la faire rebander dur, plaçons-nous en 69, toi sur moi...

» Tu bandes ferme, cochon, ça n'a pas été long, enfile-moi... Attends, il y a des poils qui se sont pris... Suce-moi les nichons... comme ça, c'est bon!... Entre bien au fond... là, reste comme ça, ne t'en va pas... Je te serre... Je serre les fesses... Je vais bien... Je meurs... Mony... ma sœur, l'as-tu fait autant jouir?... pousse bien... ça me va jusqu'au fond de l'âme... ça me fait jouir comme si je mourais... je n'en peux plus... cher Mony... partons ensemble. Ah! je n'en peux plus, je lâche tout... je décharge...

Mony et Hélène déchargèrent en même temps. Il lui nettoya ensuite le con avec la langue et elle lui en fit autant pour le vit.

Pendant qu'il se rajustait et qu'Hélène se rhabillait on entendit des cris de douleur poussés par une femme.

— Ce n'est rien, dit Hélène, on fesse Nadèje : c'est la femme de chambre de Wanda, la fille du général et mon élève.

— Fais-moi voir cette scène, dit Mony.

Hélène, à moitié vêtue, mena Mony dans une pièce sombre et démeublée dont une fausse fenêtre intérieure et vitrée donnait sur une chambre de jeune fille. Wanda, la fille du général, était une assez jolie personne de dix-sept ans. Elle brandissait une nagaïka à tour de bras et cinglait une très jolie fille blonde, à quatre pattes devant elle et les jupes relevées. C'était

Nadèje. Son cul était merveilleux, énorme, rebondi. Il se dandinait sous une taille invraisemblablement fine. Chaque coup de nagaïka la faisait bondir et le cul semblait se gonfler. Il était rayé en croix de Saint-André, traces qu'y laissait la terrible nagaïka.

— Maîtresse, je ne le ferai plus, criait la fouettée, et son cul en se relevant montrait un con bien ouvert, ombragé par une forêt de poils blond filasse.

— Va-t'en, maintenant, cria Wanda en donnant un coup de pied dans le con de Nadèje qui s'enfuit en hurlant.

Puis la jeune fille alla ouvrir un petit cabinet d'où sortit une petite fille de treize à quatorze ans mince et brune, d'aspect vicieux.

— C'est Ida, la fille du drogman de l'ambassade d'Autriche-Hongrie, murmura Hélène à l'oreille de Mony, elle gougnotte avec Wanda.

En effet, la petite fille jeta Wanda sur le lit, lui releva les jupes et mit à jour une forêt de poils, forêt vierge encore, d'où émergea un clitoris long comme le petit doigt, qu'elle se mit à sucer frénétiquement.

— Suce bien, mon Ida, dit amoureusement Wanda, je suis très excitée et tu dois l'être aussi. Rien n'est si excitant que de fouetter un gros cul comme celui de Nadèje. Ne suce plus maintenant... je vais te baiser.

La petite fille se plaça, jupes relevées, près de la grande. Les grosses jambes de celle-ci contrastaient singulièrement avec les cuisses minces, brunes et nerveuses de celle-là.

— C'est curieux, dit Wanda, que je t'aie dépucelée avec mon clitoris et que moi-même je sois encore vierge.

Mais l'acte avait commencé, Wanda étreignait furieusement sa petite amie. Elle caressa un moment son petit con encore presque imberbe. Ida disait :

— Ma petite Wanda, mon petit mari, comme tu as des poils! baise-moi!

Bientôt le clitoris entra dans la fente d'Ida et le beau cul potelé de Wanda s'agita furieusement.

Mony que ce spectacle mettait hors de lui passa une main sous les jupes d'Hélène et la branla savamment. Elle lui rendit la pareille en saisissant à pleine main sa grosse queue et lentement, pendant que les deux saphiques s'étreignaient éperdument, elle manuélisa la grosse queue de l'officier. Décalotté, le membre fumait. Mony tendait les jarrets et pinçait nerveusement le petit bouton d'Hélène. Tout à coup Wanda, rouge et échevelée, se leva de dessus sa petite amie qui, saisissant une bougie dans le bougeoir, acheva l'œuvre commencée par le clitoris bien développé de la fille du général. Wanda alla à la porte, appela Nadèje qui revint effrayée. La jolie blonde, sur l'ordre de sa maîtresse, dégrafa son corsage et en fit sortir ses gros tétons, puis releva les jupes et tendit son cul. Le clitoris en érection de Wanda pénétra bientôt entre les fesses satinées dans lesquelles elle alla et vint comme un homme. La petite fille Ida, dont la poitrine maintenant dénudée était charmante mais plate, vint continuer le jeu de sa bougie, assise entre les jambes de Nadèje, dont elle suça savamment le con. Mony déchargea à ce moment sous la pression exercée des doigts d'Hélène et le foutre alla s'étaler sur la vitre qui les séparait des gougnottes. Ils eurent peur qu'on ne s'aperçût de leur présence et s'en allèrent.

Ils passèrent enlacés dans un corridor :

— Que signifie, demanda Mony, cette phrase que m'a dite le portier : « Le général est en train de tremper sa mouillette dans son œuf à la coque »?

— Regarde, répondit Hélène, et par une porte entrouverte qui laissait voir dans le cabinet de travail du général, Mony aperçut son chef debout et en train d'enculer un petit garçon charmant. Ses cheveux châtains bouclés lui retombaient sur les épaules. Ses yeux bleus et angéliques contenaient l'innocence des éphèbes que les dieux font mourir jeunes parce qu'ils les aiment. Son beau cul blanc et dur semblait n'accepter qu'avec pudeur le cadeau viril que lui faisait le général qui ressemblait assez à Socrate.

— Le général, dit Hélène, élève lui-même son fils qui a douze ans. La métaphore du portier était peu explicite car, plutôt que de se nourrir lui-même, le général a trouvé cette méthode convenable pour nourrir et orner l'esprit de son rejeton mâle. Il lui inculque par le fondement une science qui me paraît assez solide, et le jeune prince pourra sans honte plus tard faire bonne figure dans les conseils de l'Empire.

— L'inceste, dit Mony, produit des miracles.

Le général semblait au comble de la jouissance, il roulait des yeux blancs striés de rouge.

— Serge, s'écriait-il d'une voix entrecoupée, sens-tu bien l'instrument qui, non satisfait de t'avoir engendré, a également assumé la tâche de faire de toi un jeune homme parfait? Souviens-toi, Sodome est un symbole civilisateur. L'homosexualité eût rendu les hommes semblables à des dieux et tous les malheurs découlent de ce désir que des sexes différents prétendent avoir l'un de l'autre. Il n'y a qu'un moyen aujourd'hui de sauver la malheureuse et sainte Russie, c'est que philopèdes, les hommes professent définitivement l'amour socratique pour les encroupés, tandis que les femmes iront au rocher de Leucade prendre des leçons de saphisme.

Et poussant un râle de volupté, il déchargea dans le cul charmant de son fils.

6

Le siège de Port-Arthur était commencé. Mony et son ordonnance Cornabœux y étaient enfermés avec les troupes du brave Stœssel.

Pendant que les Japonais essayaient de forcer l'enceinte fortifiée de fils de fer, les défenseurs de la place se consolaient des canonnades qui menaçaient de les tuer à chaque instant, en fréquentant assidûment les cafés chantants et les bordels qui étaient restés ouverts.

Ce soir-là, Mony avait copieusement dîné en compagnie de Cornabœux et de quelques journalistes. On avait mangé un excellent filet de cheval, des poissons pêchés dans le port et des conserves d'ananas; le tout arrosé d'excellent vin de Champagne.

A vrai dire, le dessert avait été interrompu par l'arrivée inopinée d'un obus qui éclata, détruisant une partie du restaurant et tuant quelques-uns des convives. Mony était tout guilleret de cette aventure, il avait, avec sang-froid, allumé son cigare à la nappe qui avait pris feu. Il s'en allait avec Cornabœux vers un café-concert.

— Ce sacré général Kokodryoff, dit-il en chemin, était un stratège remarquable sans doute, il avait deviné le siège de Port-Arthur et vraisemblablement m'y a fait envoyer pour se venger de ce que j'avais surpris ses relations incestueuses avec son fils. De même qu'Ovide j'expie le crime de mes yeux, mais je n'écrirai ni les *Tristes* ni les *Pontiques*. Je préfère jouir du temps qui me reste à vivre.

Quelques boulets de canon passèrent en sifflant au-dessus de leur tête, ils enjambèrent une femme qui gisait coupée en deux par un boulet et arrivèrent ainsi devant *Les Délices du Petit Père*.

C'était le beuglant chic de Port-Arthur. Ils entrèrent. La salle était pleine de fumée. Une chanteuse allemande, rousse, et de chairs débordantes, chantait avec un fort accent berlinois, applaudie frénétiquement par ceux des spectateurs qui comprenaient l'allemand. Ensuite quatre *girls* anglaises, des *sisters* quelconques, vinrent danser un pas de gigue, compliqué de cake-walk et de matchiche. C'étaient de fort jolies filles. Elles relevaient haut leurs jupes froufroutantes pour montrer un pantalon garmi de fanfreluches, mais heureusement le pantalon était fendu et l'on pouvait apercevoir parfois leurs grosses fesses encadrées par la batiste du pantalon, ou les poils qui estompaient la blancheur de leur ventre. Quand elles levaient la jambe, leurs cons s'ouvraient tout moussus. Elles chantaient :

My cosey corner girl

et furent plus applaudies que la ridicule *fräulein* qui les avait précédées.

Des officiers russes, probablement trop pauvres pour se payer des femmes, se branlaient consciencieusement en contemplant les yeux dilatés, ce spectacle paradisiaque au sens mahométan.

De temps en temps, un puissant jet de foutre jaillissait d'un de ces vits pour aller s'aplatir sur un uniforme voisin ou même dans une barbe.

Après les *girls*, l'orchestre attaqua une marche bruyante et le numéro sensationnel se présenta sur la scène. Il était composé d'une Espagnole et d'un Espagnol. Leurs costumes toréadoresques produisirent une vive impression sur les spectateurs qui entonnèrent un *Bojé tsaria Krany* de circonstance.

L'Espagnole était une superbe fille convenablement disloquée. Des yeux de jais brillaient dans sa face pâle d'un ovale parfait. Ses hanches étaient faites au tour et les paillettes de son vêtement éblouissaient.

Le torero, svelte et robuste, tortillait aussi une croupe dont la masculinité devait avoir sans doute quelques avantages.

Ce couple intéressant lança d'abord dans la salle, de la main droite, tandis que la gauche reposait sur la hanche cambrée, une couple de baisers qui firent fureur. Puis, ils dansèrent lascivement à la mode de leur pays. Ensuite l'Espagnole releva ses jupes jusqu'au nombril et les agrafa de façon à ce qu'elle restât ainsi découverte jusqu'à l'ornière ombilicale. Ses longues jambes étaient gainées dans des bas de soie rouge qui montaient jusqu'aux trois quarts des cuisses. Là, ils étaient attachés au corset par des jarretelles dorées auxquelles venaient se nouer les soies qui retenaient un loup de velours noir plaqué sur les fesses de façon à masquer le trou du cul. Le con était caché par une toison d'un noir bleu qui frisottait.

Le torero, tout en chantant, sortit son vit très long

et très dur. Ils dansèrent ainsi, ventre en avant, semblant se chercher et se fuir. Le ventre de la jeune femme ondulait comme une mer soudain consistante, ainsi l'écume méditerranéenne se condensa pour former le ventre pur d'Aphrodite.

Tout à coup, et comme par enchantement, le vit et le con de ces histrions se joignirent et l'on crut qu'ils allaient simplement copuler sur la scène.

Mais point.

De son vit bien emmanché, le torero souleva la jeune femme qui plia les jambes et ne toucha plus terre. Il se promena un moment. Puis les valets du théâtre ayant tendu un fil de fer à trois mètres au-dessus des spectateurs, il monta dessus et funambule obscène, promena ainsi sa maîtresse au-dessus des spectateurs congestionnés, à travers la salle de spectacle. Il revint ensuite à reculons sur la scène. Les spectateurs applaudissaient à tout rompre et admirèrent fort les appas de l'Espagnole dont le cul masqué semblait sourire car il était troué de fossettes.

Alors ce fut le tour de la femme. Le torero plia les genoux et solidement emmanché dans le con de sa compagne, fut promené aussi sur la corde raide.

Cette fantaisie funambulesque avait excité Mony.

— Allons au bordel, dit-il à Cornabœux.

Les Samouraï joyeux, tel était l'agréable nom du lupanar à la mode pendant le siège de Port-Arthur.

Il était tenu par deux hommes, deux anciens poètes symbolistes qui, s'étant épousés par amour, à Paris, étaient venus cacher leur bonheur en Extrême-Orient. Ils exerçaient le métier lucratif de tenancier de bordel et s'en trouvaient bien. Ils s'habillaient en femmes et se disaient gousses sans avoir renoncé à leurs moustaches et à leurs noms masculins.

L'un était Adolphe Terré. C'était le plus vieux. Le plus jeune eut son heure de célébrité à Paris. Qui ne se souvient du manteau gris perle et du tour de cou en hermine de Tristan de Vinaigre?

— Nous voulons des femmes, dit en français Mony à la caissière qui n'était autre qu'Adolphe Terré. Celui-ci commença un de ses poèmes :

Un soir qu'entre Versailles et Fontainebleau
Je suivais une nymphe dans les forêts bruissantes
Mon vit banda soudain pour l'occasion chauve
Qui passait maigre et droite diaboliquement idyllique.
Je l'enfilai trois fois, puis me saoulai vingt jours,
J'eus une chaude-pisse mais les dieux protégeaient
Le poète. Les glycines ont remplacé mes poils
Et Virgile chia sur moi, ce distique versaillais...

— Assez, assez, dit Cornabœux, des femmes, nom de Dieu!

— Voici la sous-maîtresse! dit respectueusement Adolphe.

La sous-maîtresse, c'est-à-dire le blond Tristan de Vinaigre, s'avança gracieusement et, dardant ses yeux bleus sur Mony, prononça d'une voix chantante ce poème historique :

Mon vit a rougi d'une allégresse vermeille
Au printemps de mon âge
Et mes couilles ont balancé comme des fruits lourds
Qui cherchent la corbeille.
La toison somptueuse où s'enclôt ma verge
Se pagnotte très épaisse
Du cul à l'aine et de l'aine au nombril (enfin, de tous [côtés!).
En respectant mes frêles fesses,

Immobiles et crispées quand il me faut chier
Sur la table trop haute et le papier glacé
Les chauds étrons de mes pensées.

— Enfin, dit Mony, est-ce un bordel ici, ou un chalet de nécessité?

— Toutes ces dames au salon! cria Tristan et, en même temps, il donna une serviette à Cornabœux en ajoutant :

— Une serviette pour deux, Messieurs... Vous comprenez... en temps de siège.

Adolphe perçut les 360 roubles que coûtaient les relations avec les putains à Port-Arthur. Les deux amis entrèrent au salon. Un spectacle incomparable les y attendait.

Les putains, vêtues de peignoirs groseille, cramoisi, bleu guimet ou bordeaux, jouaient au bridge en fumant des cigarettes blondes.

A ce moment, il y eut un fracas épouvantable : un obus trouant le plafond tomba lourdement sur le sol, où il s'enfonça comme un bolide, juste au centre du cercle formé par les joueuses de bridge. Par bonheur, l'obus n'éclata pas. Toutes les femmes tombèrent à la renverse en poussant des cris. Leurs jambes se relevèrent et elles montrèrent l'as de pique aux yeux concupiscents des deux militaires. Ce fut un étalage admirable de culs de toutes les nationalités, car ce bordel modèle possédait des putains de toutes races. Le cul en forme de poire de la Frisonne contrastait avec les culs rebondis des Parisiennes, les fesses merveilleuses des Anglaises, les postérieurs carrés des Scandinaves et les culs tombants des Catalanes. Une négresse montra une masse tourmentée qui ressemblait plutôt à un cratère volcanique qu'à une croupe féminine. Dès qu'elle fut relevée, elle proclama que le camp adverse était grand chelem, tant on s'accoutume vite aux horreurs de la guerre.

— Je prends la négresse, déclara Cornabœux, tandis que cette reine de Saba, se levant en s'entendant nommer, saluait son Salomon de ces paroles amènes :

— Ti viens piner ma g'osse patate, missé le géné'al?

Cornabœux l'embrassa gentiment. Mais Mony n'était pas satisfait de cette exhibition internationale :

— Où sont les Japonaises? demanda-t-il.

— C'est cinquante roubles de plus, déclara la sous-maîtresse en retroussant ses fortes moustaches, vous comprenez, c'est l'ennemi!

Mony paya et on fit entrer une vingtaine de mousmés dans leur costume national.

Le prince en choisit une qui était charmante et la sous-maîtresse fit entrer les deux couples dans un retiro aménagé dans un but foutatif.

La négresse qui s'appelait Cornélie et la mousmé qui répondait au nom délicat de Kilyému, c'est-à-dire : bouton de fleur du néflier du Japon, se déshabillèrent en chantant l'une en sabir tripolitain, l'autre en bitchlamar.

Mony et Cornabœux se déshabillèrent.

Le prince laissa, dans un coin, son valet de chambre et la négresse et ne s'occupa plus que de Kilyému dont la beauté enfantine et grave à la fois l'enchantait.

Il l'embrassa tendrement et, de temps à autre, pendant cette belle nuit d'amour, on entendait le bruit du bombardement. Des obus éclataient avec douceur. On eût dit qu'un prince oriental offrait un feu d'artifice en l'honneur de quelque princesse géorgienne et vierge.

Kilyému était petite mais très bien faite, son corps était jaune comme une pêche, ses seins petits et pointus étaient durs comme des balles de tennis. Les poils de son con étaient réunis en une petite touffe rêche et noire, on eût dit d'un pinceau mouillé.

Elle se mit sur le dos et ramenant ses cuisses sur son ventre, les genoux pliés, elle ouvrit ses jambes comme un livre.

Cette posture impossible à une Européenne étonna Mony.

Il en goûta bientôt les charmes. Son vit s'enfonça tout entier jusqu'aux couilles dans un con élastique qui, large d'abord, se resserra bientôt d'une façon étonnante.

Et cette petite fille qui semblait à peine nubile avait le casse-noisette. Mony s'en aperçut bien lorsque après les derniers soubresauts de volupté, il déchargea dans un vagin qui s'était follement resserré et qui tétait le vit jusqu'à la dernière goutte...

— Raconte-moi ton histoire, dit Mony à Kilyému tandis qu'on entendait dans le coin les hoquets cyniques de Cornabœux et de la négresse.

Kilyému s'assit :

— Je suis, dit-elle, la fille d'un joueur de *sammisen*, c'est une sorte de guitare, on en joue au théâtre. Mon père figurait le chœur et, jouant des airs tristes, récitait des histoires lyriques et cadencées dans une loge grillée de l'avant-scène.

Ma mère, la belle Pêche de Juillet, jouait les principaux rôles de ces longues pièces qu'affectionne la dramaturgie nipponne.

Je me souviens qu'on jouait *Les Quarante-sept Roonins*, *La Belle Siguenaï* ou bien *Taïko*.

Notre troupe allait de ville en ville, et cette nature admirable où j'ai grandi se représente toujours à ma mémoire dans les moments d'abandon amoureux.

Je grimpais dans les *matsous*, ces conifères géants; j'allais voir se baigner dans les rivières les beaux Samouraïs nus, dont la mentule énorme n'avait aucune signification pour moi, à cette époque, et je riais avec les servantes jolies et hilares qui venaient les essuyer.

Oh! faire l'amour dans mon pays toujours fleuri! Aimer un lutteur trapu sous des cerisiers roses et descendre des collines en s'embrassant!

Un matelot, en permission de la Compagnie du *Nippon Josen Kaisha* et qui était mon cousin, me prit un jour ma virginité.

Mon père et ma mère jouaient *Le Grand Voleur* et la salle était comble. Mon cousin m'emmena promener. J'avais treize ans. Il avait voyagé en Europe et me racontait les merveilles d'un univers que j'ignorais. Il m'amena dans un jardin désert plein d'iris, de camélias rouge sombre, de lys jaunes et de lotos pareils à ma langue tant ils étaient joliment roses. Là, il m'embrassa et me demanda si j'avais fait l'amour, je lui dis que non. Alors, il défit mon kimono et me chatouilla les seins, cela me fit rire mais je devins très sérieuse lorsqu'il eut mis dans ma main un membre dur, gros et long.

— Que veux-tu en faire? lui demandai-je.

Sans me répondre, il me coucha, me mit les jambes à nu et me dardant sa langue dans la bouche, il pénétra ma virginité. J'eus la force de pousser un cri qui dut troubler les graminées et les beaux chrysanthèmes du grand jardin désert, mais aussitôt la volupté s'éveilla en moi.

Un armurier m'enleva ensuite, il était beau comme le Daïboux de Kamakoura, et il faut parler religieusement de sa verge qui semblait de bronze doré et qui était inépuisable. Tous les soirs avant l'amour je me croyais insatiable mais lorsque j'avais senti quinze fois la chaude semence s'épancher dans ma vulve, je devais lui offrir ma croupe lasse pour qu'il pût s'y satisfaire, ou lorsque j'étais trop fatiguée, je prenais son membre dans la bouche et le suçais jusqu'à ce qu'il m'ordonnât de cesser! Il se tua pour obéir aux prescriptions du Bushido, et en accomplissant cet acte chevaleresque me laissa seule et inconsolée.

Un Anglais de Yokohama me recueillit. Il sentait le cadavre comme tous les Européens, et longtemps je ne pus me faire à cette odeur. Aussi le suppliais-je de m'enculer pour ne pas voir devant moi sa face bestiale à favoris roux. Pourtant à la fin je m'habituai à lui et, comme il était sous ma domination, je le forçais à me lécher la vulve jusqu'à ce que sa langue, prise de crampe, ne pût plus remuer.

Une amie dont j'avais fait connaissance à Tokyo et que j'aimais à la folie venait me consoler.

Elle était jolie comme le printemps et il semblait que deux abeilles étaient toujours posées sur la pointe de ses seins. Nous nous satisfaisions avec un morceau de marbre jaune taillé par les deux bouts en forme de vit. Nous étions insatiables et, dans les bras l'une de l'autre, éperdues, écumantes et hurlantes, nous nous agitions furieusement comme deux chiens qui veulent ronger le même os.

L'Anglais un jour devint fou; il se croyait le Shogun et voulait enculer le Mikado.

On l'emmena et je fis la putain en compagnie de mon amie jusqu'au jour où je devins amoureuse d'un Allemand, grand, fort, imberbe, qui avait un grand vit inépuisable. Il me battait et je l'embrassais en pleurant. A la fin, rouée de coups, il me faisait l'aumône de son vit et je jouissais comme une possédée en l'étreignant de toutes mes forces.

Un jour nous prîmes le bateau, il m'emmena à Shangaï et me vendit à une maquerelle. Puis il s'en alla, mon bel Egon, sans tourner la tête, me laissant désespérée, avec les femmes du bordel qui riaient de moi. Elles m'apprirent bien le métier, mais lorsque j'aurai beaucoup d'argent je m'en irai, en honnête femme, par le monde pour trouver mon Egon, sentir encore une fois son membre dans ma vulve et mourir en pensant aux arbres roses du Japon.

La petite Japonaise, droite et sérieuse, s'en alla comme une ombre, laissant Mony, les larmes aux yeux, réfléchir à la fragilité des passions humaines.

Il entendit alors un ronflement sonore et tournant la tête, aperçut la négresse et Cornabœux endormis chastement aux bras l'un de l'autre, mais ils étaient monstrueux tous deux. Le gros cul de Cornélie ressortait, reflétant la lune dont la lueur venait par la fenêtre ouverte. Mony sortit son sabre du fourreau et piqua dans cette grosse pièce de viande.

Dans la salle, on criait aussi. Cornabœux et Mony sortirent avec la négresse. La salle était pleine de fumée. Quelques officiers russes ivres et grossiers y étaient entrés et, vomissant des jurons immondes, s'étaient précipités sur les Anglaises du bordel qui, rebutées par l'aspect ignoble de ces soudards, murmurèrent des *Bloody* et des *Dammed* à qui mieux mieux.

Cornabœux et Mony contemplèrent un instant le viol des putains, puis sortirent pendant une enculade collective et faramineuse, laissant désespérés Adolphe et Tristan de Vinaigre qui essayaient de rétablir l'ordre et s'agitaient vainement, empêtrés dans leurs jupons de femme.

Au même instant entra le général Stœssel et tout le monde de rectifier la position, même la négresse.

Les Japonais venaient de livrer le premier assaut à la ville assiégée.

Mony eut presque envie de revenir sur ses pas pour voir ce que ferait son chef, mais on entendait des cris sauvages du côté des remparts.

Des soldats arrivèrent amenant un prisonnier. C'était un grand jeune homme, un Allemand, qu'on avait trouvé à la limite des travaux de défense, en train de détrousser les cadavres. Il criait en allemand :

— Je ne suis pas un voleur. J'aime les Russes, je suis venu courageusement à travers les lignes japonaises pour me proposer comme tante, tapette, enculé. Vous manquez sans doute de femmes et ne serez pas fâchés de m'avoir.

— A mort, crièrent les soldats, à mort, c'est un espion, un maraudeur, un détrousseur de cadavres!

Aucun officier n'accompagnait les soldats. Mony s'avança et demanda des explications :

— Vous vous trompez, dit-il à l'étranger, nous avons des femmes en abondance, mais votre crime doit être vengé. Vous allez être enculé, puisque vous y tenez, par les soldats qui vous ont pris et vous serez empalé ensuite. Vous mourrez ainsi comme vous avez vécu et c'est la plus belle mort au témoignage des moralistes. Votre nom?

— Egon Müller, déclara l'homme en tremblant.

— C'est bien, dit sèchement Mony, vous venez de Yokohama et vous avez trafiqué honteusement, en vrai maquereau, de votre maîtresse, une Japonaise nommée Kilyému. Tante, espion, maquereau et détrousseur de cadavres, vous êtes complet. Qu'on prépare le poteau et vous, soldats, enculez-le... Vous n'avez pas tous les jours une pareille occasion.

On mit nu le bel Egon. C'était un garçon d'une

beauté admirable et ses seins étaient arrondis comme ceux d'un hermaphrodite. A l'aspect de ces charmes, les soldats sortirent leurs vits concupiscents.

Cornabœux fut touché, les larmes aux yeux il demanda à son maître d'épargner Egon, mais Mony fut inflexible et ne permit à son ordonnance que de se faire sucer le vit par le charmant éphèbe qui, le cul tendu, reçut, à tour de rôle, dans son anus dilaté, les bittes rayonnantes des soldats qui, en bonnes brutes, chantaient des hymnes religieuses en se félicitant de leur capture.

L'espion, après qu'il eut reçu la troisième décharge commença à jouir furieusement et il agitait son cul en suçant le vit de Cornabœux, comme s'il eût encore trente années de vie devant lui.

Pendant ce temps on avait dressé le pal de fer qui devait servir de siège au giton.

Quand tous les soldats eurent enculé le prisonnier, Mony dit quelques mots à l'oreille de Cornabœux qui était encore béat de la plume qu'on venait de lui tailler.

Cornabœux alla jusqu'au bordel et en revint bientôt accompagné de la jeune putain japonaise Kilyému, qui se demandait ce qu'on lui voulait.

Elle aperçut tout à coup Egon que l'on venait de ficher, bâillonné, sur le pal de fer. Il se contorsionnait et la pique lui pénétrait petit à petit dans le fondement. Sa pine par-devant bandait à se rompre.

Mony désigna Kilyému aux soldats et la pauvre petite femme regardait son amant empalé avec des yeux où la terreur, l'amour et la compassion se mêlaient en une désolation suprême. Les soldats la mirent nue et hissèrent son pauvre petit corps d'oiseau sur celui de l'empalé.

Ils écartèrent les jambes de la malheureuse et le

vit gonflé qu'elle avait tant désiré la pénétra encore.

La pauvre petite âme simple ne comprenait pas cette barbarie, mais le vit qui la remplissait l'excitait trop à la volupté. Elle devint comme folle et s'agitait faisant descendre petit à petit le corps de son amant le long du pal. Il déchargea en expirant.

C'était un étrange étendard que celui formé par cet homme bâillonné et cette femme qui s'agitait sur lui, bouche fendue!... Un sang sombre formait une mare au pied du pal.

— Soldats, saluez ceux qui meurent, cria Mony, et s'adressant à Kilyému :

— J'ai rempli tes souhaits... En ce moment les cerisiers sont en fleurs au Japon, des amants s'égarent dans la neige rose des pétales qui feuillotent!

Puis, braquant son revolver il lui brisa la tête et la cervelle de la petite courtisane jaillit au visage de l'officier, comme si elle avait voulu cracher sur son bourreau.

7

Après l'exécution sommaire de l'espion Egon Müller et de la putain japonaise Kilyému, le prince Vibescu était devenu très populaire dans Port-Arthur.

Un jour, le général Stœssel le fit appeler et lui remit un pli en disant :

— Prince Vibescu, bien que n'étant pas russe, vous n'en êtes pas moins un des meilleurs officiers de la place... Nous attendons des secours, mais il faut que le général Kouropatkine se hâte... S'il tarde encore il faudra capituler... Ces chiens de Japonais nous guettent et leur fanatisme aura un jour raison de notre résistance. Il faut que vous traversiez les lignes japonaises et que vous remettiez cette dépêche au généralissime.

On prépara un ballon. Pendant huit jours Mony et Cornabœux s'exercèrent au maniement de l'aérostat qui fut gonflé un beau matin.

Les deux messagers montèrent dans la nacelle, prononcèrent le traditionnel : « Lâchez tout! » et bientôt ayant atteint la région des nuages, la terre ne leur apparut plus que comme une chose petite et le théâtre de la guerre leur apparaissait nettement avec les armées, les escadres sur la mer et une allumette qu'ils frottaient pour allumer leur cigarette laissait une traînée plus lumineuse que les boulets de canons géants dont se servaient les belligérants.

Une bonne brise poussa le ballon dans la direction des armées russes et après quelques jours ils atterrirent et furent reçus par un grand officier qui leur souhaita la bienvenue. C'était Fédor, l'homme aux trois couilles, l'ancien amant d'Hélène Verdier la sœur de Culculine d'Ancône.

— Lieutenant, lui dit le prince Vibescu en sautant de la nacelle, vous êtes bien honnête et la réception que vous nous faites nous dédommage de bien des fatigues. Laissez-moi vous demander pardon de vous avoir fait cocu à Saint-Pétersbourg avec votre maîtresse Hélène, l'institutrice française de la fille du général Kokodryoff.

— Vous avez bien fait, riposta Fédor, figurez-vous que j'ai trouvé ici sa sœur Culculine, c'est une superbe fille qui est kellnerine dans une brasserie à femmes que fréquentent nos officiers. Elle a quitté Paris pour gagner la forte somme en Extrême-Orient. Elle gagne beaucoup d'argent ici, car les officiers font la noce en gens qui n'ont que peu de temps à vivre et son amie Alexine Mangetout est avec elle.

— Comment! s'écria Mony, Culculine et Alexine sont ici!... Menez-moi vite auprès du général Kouropatkine, il faut avant tout que j'accomplisse ma mission... Vous me mènerez ensuite à la brasserie.

Le général Kouropatkine reçut aimablement Mony dans son palais. C'était un wagon assez bien aménagé.

Le généralissime lut le message, puis dit :

— Nous ferons tout notre possible pour délivrer

Port-Arthur. En attendant, prince Vibescu, je vous nomme chevalier de Saint-Georges...

Une demi-heure après, le nouveau décoré se trouvait dans la brasserie du *Cosaque endormi* en compagnie de Fédor et de Cornabœux. Deux femmes se précipitèrent pour les servir. C'étaient Culculine et Alexine toutes charmantes. Elles étaient habillées en soldats russes et portaient un tablier de dentelles devant leurs larges pantalons emprisonnés dans les bottes, leurs culs et leurs poitrines saillaient agréablement et bombaient l'uniforme. Une petite casquette posée de travers sur leur chevelure complétait ce que cet accoutrement militaire avait d'excitant. Elles avaient l'air de petites figurantes d'opérette.

— Tiens, Mony! s'écria Culculine.

Le prince embrassa les deux femmes et demanda leur histoire.

— Voilà, dit Culculine, mais tu nous raconteras aussi ce qui t'est arrivé.

— Depuis la nuit fatale où des cambrioleurs nous laissèrent à demi morts auprès du cadavre d'un des leurs dont j'avais coupé le vit avec mes dents dans un instant de folle jouissance, je ne me réveillai qu'entourée de médecins. On m'avait retrouvée un couteau planté dans les fesses. Alexine fut soignée chez elle et de toi nous n'eûmes plus de nouvelles. Mais nous apprîmes, quand nous pûmes sortir, que tu étais reparti en Serbie. L'affaire avait fait un scandale énorme, mon explorateur me lâcha à son retour et le sénateur d'Alexine ne voulut plus l'entretenir.

« Notre étoile commençait à décliner à Paris. La guerre éclata entre la Russie et le Japon. Le barbeau d'une de mes amies organisait un départ de femmes pour servir dans les brasseries-bordels qui suivaient l'armée russe, on nous embaucha et voilà.

Mony raconta ensuite ce qui lui était arrivé, en omettant ce qui s'était passé dans l'Express-Orient. Il présenta Cornabœux aux deux femmes mais sans dire qu'il était le cambrioleur qui avait planté son couteau dans les fesses de Culculine.

Tous ces récits amenèrent une grande consommation de boissons; la salle s'était remplie d'officiers en casquette qui chantaient à tue-tête en caressant les serveuses.

— Sortons, dit Mony.

Culculine et Alexine les suivirent et les cinq militaires sortirent des retranchements et se dirigèrent vers la tente de Fédor.

La nuit était venue étoilée. Mony eut une fantaisie en passant devant le wagon du généralissime, il fit déculotter Alexine, dont les grosses fesses semblaient gênées dans le pantalon et, tandis que les autres continuaient leur marche, il mania le superbe cul, pareil à une face pâle sous la lune pâle, puis sortant sa pine farouche il la frotta un moment dans la raie culière, picotant parfois le trou du cul, puis il se décida soudain en entendant une sonnerie sèche de trompette, accompagnée de roulements de tambour. La pine descendit entre les fesses fraîches et s'engagea dans une vallée qui aboutissait au con. Les mains du jeune homme, par-devant, fouillaient la toison et agaçaient le clitoris. Il alla et vint, fouillant du soc de sa charrue le sillon d'Alexine qui jouissait en agitant son cul lunaire dont la lune là-haut semblait sourire en l'admirant. Tout à coup commença l'appel monotone des sentinelles; leurs cris se répétaient à travers la nuit. Alexine et Mony jouissaient silencieusement et lorsqu'ils éjaculèrent, presque au même instant et en soupirant profondément, un obus déchira l'air et vint tuer quelques soldats qui dormaient dans un fossé. Ils moururent en se lamentant comme des enfants qui appellent leur mère. Mony et Alexine, vite rajustés, coururent à la tente de Fédor.

Là, ils trouvèrent Cornabœux débraguetté, agenouillé devant Culculine qui, déculottée, lui montrait son cul. Il disait :

— Non, il n'y paraît point et jamais on ne dirait que tu as reçu un coup de couteau là-dedans.

Puis s'étant levé il l'encula en criant des phrases russes qu'il avait apprises.

Fédor se plaça alors devant elle et lui introduisit son membre dans le con. On eût dit que Culculine était un joli garçon que l'on enculait tandis qu'il enfilait sa queue dans une femme. En effet, elle était vêtue en homme et le membre de Fédor semblait être à elle. Mais ses fesses étaient trop grosses pour que cette pensée pût prévaloir longtemps. De même, sa taille mince et le bombement de sa poitrine démentaient qu'elle fût un giton. Le trio s'agitait en cadence et Alexine s'en approcha pour chatouiller les trois couilles de Fédor.

A ce moment un soldat demanda à haute voix, hors de la tente, le prince Vibescu.

Mony sortit, le militaire venait en estafette de la part du général Mounine qui mandait Mony sur-le-champ.

Il suivit le soldat et, à travers le campement, ils arrivèrent jusqu'à un fourgon dans lequel monta Mony tandis que le soldat annonçait :

— Le prince Vibescu.

L'intérieur du fourgon ressemblait à un boudoir, mais un boudoir oriental. Un luxe insensé y régnait et le général Mounine, un colosse de cinquante ans, reçut Mony avec une grande politesse.

Il lui montra, nonchalamment étendue sur un sofa, une jolie femme d'une vingtaine d'années.

C'était une Circassienne, sa femme :

— Prince Vibescu, dit le général, mon épouse, ayant entendu parler aujourd'hui même de votre exploit, a tenu à vous en féliciter. D'autre part, elle est enceinte de trois mois et une envie de femme grosse la pousse irrésistiblement à vouloir coucher avec vous. La voici! Faites votre devoir. Je me satisferai d'autre manière.

Sans répliquer, Mony se mit nu et commença à déshabiller la belle Haïdyn qui paraissait dans un état d'excitation extraordinaire. Elle mordait Mony pendant qu'il la déshabillait. Elle était admirablement faite et sa grossesse n'apparaissait pas encore. Ses seins moulés par les Grâces se dressaient ronds comme des boulets de canon.

Son corps était souple, gras et élancé. Il y avait une si belle disproportion entre la grosseur de son cul et la minceur de sa taille que Mony sentit se dresser son membre comme un sapin de Norvège.

Elle le lui saisit tandis qu'il tâtait les cuisses qui étaient grosses en haut et s'amincissaient vers le genou.

Quand elle fut nue, il monta sur elle et l'enfila en hennissant comme un étalon tandis qu'elle fermait les yeux savourant une béatitude infinie.

Le général Mounine, pendant ce temps, avait fait entrer un petit garçon chinois, tout mignon et apeuré.

Ses yeux bridés clignotaient tournés vers le couple en amour.

Le général le déshabilla et lui suça sa quéquette grosse à peine comme un jujube.

Il le tourna ensuite et fessa son petit cul maigre et jaune. Il saisit son grand sabre et le plaça près de lui.

Puis il encula le petit garçon qui devait connaître cette manière de civiliser la Mandchourie, car il agitait d'une façon expérimentée son petit corps de lope céleste.

Le général disait :

— Jouis bien, mon Haïdyn, je vais jouir aussi.

Et sa pine sortait presque entière du corps de l'enfant chinois pour y rentrer prestement. Lorsqu'il en fut à la jouissance, il prit le sabre et, les dents serrées, sans arrêter le culetage, trancha la tête du petit Chinois dont les derniers spasmes lui procurèrent une grande jouissance tandis que le sang jaillissait de son cou comme l'eau d'une fontaine.

Le général décula ensuite et s'essuya la queue avec son mouchoir. Il nettoya ensuite son sabre et ayant ramassé la tête du petit décollé la présenta à Mony et à Haïdyn qui maintenant avaient changé de position.

La Circassienne chevauchait Mony avec rage. Ses tétons dansaient et son cul se haussait frénétiquement. Les mains de Mony palpaient ces grosses fesses merveilleuses.

— Regardez, dit le général, comme le petit Chinois sourit gentiment.

La tête grimaçait affreusement, mais son aspect redoubla la rage érotique des deux baiseurs qui culetèrent avec beaucoup plus d'ardeur.

Le général lâcha la tête, puis saisissant sa femme par les hanches il lui introduisit son membre dans le cul. La jouissance de Mony en fut augmentée. Les deux pines, à peine séparées par une mince paroi, venaient se cogner du museau en augmentant la jouissance de la jeune femme qui mordait Mony et se lovait comme une vipère. La triple décharge eut lieu en même temps. Le trio se sépara et le général, aussitôt debout, brandit son sabre en criant :

— Maintenant, prince Vibescu, il faut mourir, vous en avez trop vu!

Mais Mony le désarma sans peine.

Il l'attacha ensuite par les pieds et par les mains et le coucha dans un coin du fourgon, près du cadavre du petit Chinois. Ensuite il continua jusqu'au matin ses foutaisons délectables avec la générale. Quand il la quitta, elle était lasse et endormie. Le général dormait aussi pieds et poings liés.

Mony s'en fut dans la tente de Fédor : on y avait pareillement baisé toute la nuit. Alexine, Culculine, Fédor et Cornabœux dormaient nus et couchés pêle-mêle sur des manteaux. Le foutre collait le poil des femmes et les vits des hommes pendaient lamentablement.

Mony les laissa dormir et se mit à errer dans le camp. On annonçait un prochain combat avec les Japonais. Les soldats s'équipaient ou déjeunaient. Des cavaliers pansaient leurs chevaux.

Un cosaque qui avait froid aux mains était en train de se les réchauffer dans la conasse de sa jument. La bête hennissait doucement; tout à coup, le cosaque réchauffé se hissa sur une chaise derrière sa bête et sortant un grand vit long comme un bois de lance le fit pénétrer avec délices dans la vulve animale qui jutait un hippomane fort aphrodisiaque, car la brute humaine déchargea trois fois avec de grands mouvements de cul avant de déconner.

Un officier qui aperçut cet acte de bestialité s'approcha du soldat avec Mony. Il lui reprocha vivement de s'être livré à sa passion :

— Mon ami, lui dit-il, la masturbation est une qualité militaire.

» Tout bon soldat doit savoir qu'en temps de guerre l'onanisme est le seul acte amoureux permis.

Branlez-vous, mais ne touchez ni aux femmes ni aux bêtes.

» D'ailleurs, la masturbation est fort louable, car elle permet aux hommes et aux femmes de s'habituer à leur séparation prochaine et définitive. Les mœurs, l'esprit, les costumes et les goûts des deux sexes diffèrent de plus en plus. Il serait grand temps de s'en apercevoir et il me paraît nécessaire, si l'on veut dominer sur terre, de tenir compte de cette loi naturelle qui bientôt s'imposera.

L'officier s'éloigna laissant Mony pensif regagner la tente de Fédor.

Tout à coup le prince perçut une rumeur bizarre, on eût dit des pleureuses irlandaises se lamentant sur un mort inconnu.

En s'approchant le bruit se modifia, il devint rythmé par des claquements secs comme si un chef d'orchestre fou tapait de son bâton sur son pupitre pendant que l'orchestre jouerait en sourdine.

Le prince courut plus vite et un spectacle étrange se présenta devant ses yeux. Une troupe de soldats commandés par un officier frappaient à tour de rôle avec de longues baguettes flexibles sur le dos de condamnés nus jusqu'à la ceinture.

Mony, dont le grade était supérieur à celui qui commandait les fouetteurs, voulut prendre leur commandement.

On amena un nouveau coupable. C'était un beau gars Tatar ne parlant presque pas le russe. Le prince le fit mettre complètement nu, puis les soldats le fustigèrent de telle façon que le froid du matin le piquait en même temps que les verges qui le cinglaient.

Il était impassible et ce calme irrita Mony; il dit un mot à l'oreille de l'officier qui ramena bientôt une serveuse de brasserie. C'était une plantureuse kellnerine dont la croupe et la poitrine remplissaient indécemment l'uniforme qui la sanglait. Cette belle et grosse fille arriva gênée de son costume et marchant à pas de canard.

— Vous êtes indécente, ma fille, lui dit Mony, quand on est une femme comme vous, on ne s'habille pas en homme; cent coups de verge pour vous l'apprendre.

La malheureuse trembla de tous ses membres, mais, sur un geste de Mony, les soldats la dépouillèrent.

Sa nudité contrastait singulièrement avec celle du Tatar.

Lui était très long, le visage émacié, les yeux petits, malins et calmes; ses membres avaient cette maigreur que l'on prête à Jean-Baptiste, après qu'il eut vécu quelque temps de sauterelles. Ses bras, sa poitrine et ses jambes héronnières étaient velus, son pénis circoncis prenait de la consistance à cause de la fustigation et le gland en était pourpre, couleur de vomissement d'ivrogne.

La kellnerine, beau spécimen d'Allemande du Brunswick, était lourde de croupe; on eût dit une robuste cavale luxembourgeoise lâchée parmi les étalons. Les cheveux blond filasse la poétisaient assez et les Nixes rhénanes ne doivent pas être autrement.

Des poils blonds très clairs lui pendaient jusqu'au milieu des cuisses. Cette tignasse couvrait complètement une motte rebondie. Cette femme respirait une santé robuste et tous les soldats sentirent leurs membres virils se mettre d'eux-mêmes au port d'armes.

Mony demanda un knout qu'on lui apporta. Il le mit dans la main du Tatar.

— Cochon de prévôt, lui cria-t-il, si tu veux épargner ton cuir, ne ménage pas celui de cette putain.

Le Tatar sans répondre examina en connaisseur l'instrument de torture composé de lanières de cuir auxquelles adhérait de la limaille de fer.

La femme pleurait et demandait grâce en allemand. Son corps blanc et rose tremblait. Mony la fit mettre à genoux, puis d'un coup de pied, il força son gros cul à se soulever. Le Tatar secoua d'abord le knout en l'air, puis, levant fortement le bras, il allait frapper, quand la malheureuse kellnerine qui tremblait de tous ses membres lâcha un pet sonore qui fit rire tous les assistants et le Tatar lui-même dont le knout tomba. Mony une verge à la main lui cingla le visage en lui disant :

— Idiot, je t'ai dit de frapper et non pas de rire.

Puis, il lui remit la verge en lui commandant d'en fustiger d'abord l'Allemande pour l'habituer. Le Tatar se mit à frapper avec régularité. Son membre placé derrière le gros cul de la patiente s'était quillé, mais, malgré sa concupiscence, son bras retombait rythmiquement, la verge était très flexible, le coup sifflait en l'air, puis retombait sèchement sur la peau tendue qui se rayait.

Le Tatar était un artiste et les coups qu'il frappait se réunissaient pour former un dessin calligraphique.

Sur le bas du dos, au-dessus des fesses, le mot *putain* apparut bientôt distinctement.

On applaudit vigoureusement tandis que les cris de l'Allemande devenaient toujours plus rauques. Son cul, à chaque coup de verge, s'agitait un moment puis se soulevait, les fesses serrées qui aussitôt se desserraient; on apercevait alors le trou du cul et le con en dessous, bâillant et humide.

Petit à petit, elle sembla se faire aux coups. A chaque claquement de la verge, le dos se soulevait mollement, le cul s'entrouvrait et le con bâillait d'aise comme si une jouissance imprévue venait la visiter.

Elle tomba bientôt comme suffoquée par la jouissance et Mony à ce moment, arrêta la main du Tatar.

Il lui remit le knout et l'homme, très excité, fou de désirs, se mit à frapper avec cette arme cruelle sur le dos de l'Allemande. Chaque coup laissait plusieurs marques saignantes et profondes car, au lieu de soulever le knout après l'avoir abattu, le Tatar le tirait à lui de telle façon que la limaille qui adhérait aux lanières emportait des lambeaux de peau et de chair, qui tombaient ensuite de tous côtés, tachant de gouttelettes sanglantes les uniformes de la soldatesque.

L'Allemande ne sentait plus la douleur, elle se lovait, se tordait et sifflait de jouissance. Sa face était rouge, elle bavait et lorsque Mony commanda au Tatar de cesser, les traces du mot *putain* avaient disparu, car le dos n'était plus qu'une plaie.

Le Tatar restait droit, le knout sanglant à la main; il semblait demander une approbation, mais Mony le regarda d'un air méprisant :

— Tu avais bien commencé, mais tu as mal fini. Cet ouvrage est détestable. Tu as frappé comme un ignorant. Soldats, remportez cette femme et apportez-moi une de ses compagnes dans la tente que voici : elle est vide. Je vais m'y tenir avec ce misérable Tatar.

Il renvoya les soldats, dont quelques-uns remportèrent l'Allemande et le prince s'en fut avec son condamné dans la tente.

Il se mit à le frapper à tour de bras avec deux verges. Le Tatar, excité par le spectacle qu'il venait d'avoir sous les yeux et dont il était le protagoniste, ne retint pas longtemps le sperme qui bouillonnait dans ses couillons. Son membre se redressa sous les coups de Mony, et le foutre qui jaillit alla s'écraser contre la toile de la tente.

A ce moment, on amena une autre femme. Elle était en chemise car on l'avait surprise au lit. Son visage exprimait la stupéfaction et une terreur profonde. Elle était muette et son gosier laissait échapper des sons rauques inarticulés.

C'était une belle fille, originaire de Suède. Fille du directeur de la brasserie, elle avait épousé un Danois, associé de son père. Elle avait accouché quatre mois auparavant et nourrissait elle-même son enfant. Elle pouvait avoir vingt-quatre ans. Ses seins gonflés de lait — car elle était bonne nourrice — bombaient la chemise.

Aussitôt que Mony la vit, il renvoya les soldats qui l'avaient amenée et lui releva la chemise. Les grosses cuisses de la Suédoise semblaient des fûts de colonne et supportaient un superbe édifice, son poil était doré et frisottait gentiment. Mony ordonna au Tatar de la fustiger pendant qu'il la gamahucherait. Les coups pleuvaient sur les bras de la belle muette, mais la bouche du prince recueillait en bas la liqueur amoureuse que distillait ce con boréal.

Ensuite il se plaça nu sur le lit après avoir ôté la chemise de la femme qui était en chaleur. Elle se plaça sur lui et le vit entra profondément entre les cuisses d'une blancheur aveuglante. Son cul massif et ferme se soulevait en cadence. Le prince prit un sein en bouche et se mit à téter un lait délicieux.

Le Tatar ne restait point inactif, mais faisant siffler la verge, il appliquait des coups cinglants sur la mappemonde de la muette dont il activait la jouissance. Il tapait comme un possédé, rayant ce cul sublime, marquant sans respect les belles épaules blanches et grasses, laissant des sillons sur le dos. Mony qui avait déjà beaucoup travaillé fut long à jouir et la muette, excitée par la verge, jouit une quinzaine de fois, pendant qu'il courait une poste.

Alors, il se releva et voyant le Tatar en bel état d'érection, il lui ordonna d'enfiler en levrette la belle nourrice qui paraissait inassouvie et lui-même prenant le knout, ensanglanta le dos du soldat qui jouissait en poussant des cris terribles.

Le Tatar ne quittait point son poste. Supportant stoïquement les coups portés par le terrible knout, il fouillait sans relâche le réduit amoureux où il s'était niché. Il y déposa cinq fois son offrande brûlante. Puis il resta immobile sur la femme encore agitée de frissons voluptueux.

Mais le prince l'insulta, il avait allumé une cigarette et brûla en divers endroits les épaules du Tatar. Ensuite, il lui mit une allumette enflammée sous les couilles et la brûlure eut le don de ranimer le membre infatigable. Le Tatar repartit vers une nouvelle décharge. Mony reprit le knout et frappa de toutes ses forces sur les corps unis du Tatar et de la muette; le sang jaillissait, les coups tombaient faisant flac. Mony jurait en français, en roumain et en russe. Le Tatar jouissait terriblement, mais un regard de haine pour Mony passa dans ses yeux. Il connaissait le langage des muets et passant sa main devant le visage de sa compagne, il lui fit des signes que celle-ci comprit à merveille.

Vers la fin de cette jouissance, Mony eut une nouvelle fantaisie : il présenta sa cigarette brasillante sur le bout du sein humide de la muette. Le lait dont une gouttelette perlait sur le téton allongé, éteignit la cigarette, mais la femme poussa un rugissement de terreur en déchargeant.

Elle fit un signe au Tatar qui déconna aussitôt. Tous deux se précipitèrent sur Mony qu'ils désarmèrent. La femme prit une verge et le Tatar prit le knout. Le regard plein de haine, animés par l'espoir de la vengeance, ils se mirent à fouetter cruellement l'officier qui les avait fait souffrir. Mony eut beau crier et se débattre, les coups n'épargnèrent aucune partie de son corps. Cependant, le Tatar craignant que sa vengeance sur un officier n'eût des suites funestes, jeta bientôt son knout, se contentant, comme la femme, d'une simple verge. Mony bondissait sous la fustigation et la femme s'acharnait à frapper surtout sur le ventre, les couilles et le vit du prince.

Pendant ce temps, le Danois, mari de la muette, s'était aperçu de sa disparition, car la petite fille réclamait le sein de sa mère. Il prit le nourrisson dans ses bras et fut à la recherche de sa femme.

Un soldat lui indiqua la tente où elle était, mais sans lui dire ce qu'elle y faisait. Fou de jalousie, le Danois se précipita, souleva la toile et pénétra dans la tente. Le spectacle était peu banal : sa femme ensanglantée et nue en compagnie d'un Tatar ensanglanté et nu fouettait un jeune homme.

Le knout était par terre, le Danois posa son enfant sur le sol, prit le knout et en frappa de toutes ses forces sa femme et le Tatar qui tombèrent sur le sol en criant de douleur.

Sous les coups, le membre de Mony s'était redressé, il bandait, contemplant cette scène conjugale.

La mère enleva l'enfant. Le Tatar s'habilla en hâte

et s'esquiva; mais le Danois, les yeux injectés de sang, souleva le knout. Il allait en frapper un coup mortel sur la tête de Mony, quand il aperçut sur le sol l'uniforme d'officier. Son bras retomba, car il savait que l'officier russe est sacré, il peut violer, piller, mais le mercanti qui oserait porter la main sur lui serait pendu de suite.

Mony comprit tout ce qui se passait dans le cerveau du Danois. Il en profita, se releva et prit vite son revolver. D'un air méprisant, il ordonna au Danois de se déculotter. Puis, le revolver braqué, il lui ordonna d'enculer sa fille. Le Danois eut beau supplier, il dut faire entrer son membre mesquin dans le tendre cul du nourrisson évanoui.

Et pendant ce temps Mony, armé d'une verge et tenant son revolver de la main gauche, faisait pleuvoir les coups sur le dos de la muette, qui sanglotait et se tordait de douleur. La verge revenait sur une chair enflée par les coups précédents et la douleur qu'endurait la pauvre femme était un spectacle horrible. Mony le supporta avec un courage admirable et son bras resta ferme dans sa fustigation jusqu'au moment où le malheureux père eut déchargé dans le cul de sa petite fille.

Mony s'habilla alors et ordonna à la Danoise d'en faire autant. Puis il aida gentiment le couple à ranimer l'enfant.

— Mère sans entrailles, dit-il à la muette, votre enfant veut téter, ne le voyez-vous pas?

Le Danois fit des signes à sa femme qui, chastement, sortit son sein et donna à téter au nourrisson.

— Quant à vous, dit Mony au Danois, prenez garde, vous avez violé votre fille devant moi. Je puis vous perdre. Donc, soyez discret, ma parole prévaudra toujours contre la vôtre. Allez en paix. Votre commerce dorénavant dépend de mon bon vouloir. Si vous êtes discret, je vous protégerai, mais si vous racontez ce qui s'est passé ici vous serez pendu.

Le Danois embrassa la main du fringant officier en versant des larmes de reconnaissance et emmena rapidement sa femme et son enfant. Mony se dirigea vers la tente de Fédor.

Les dormeurs s'étaient réveillés et après leur toilette s'étaient habillés.

Pendant tout le jour, on se prépara à la bataille qui commença vers le soir. Mony, Cornabœux et les deux femmes s'étaient enfermés dans la tente de Fédor qui était allé combattre aux avant-postes. Bientôt on entendit les premiers coups de canon et des brancardiers revinrent portant des blessés.

La tente fut changée en ambulance. Cornabœux et les deux femmes furent réquisitionnés pour ramasser les mourants. Mony resta seul avec trois blessés russes qui déliraient.

Alors arriva une dame de la Croix-Rouge vêtue d'un gracieux surtout écru et le brassard au bras droit.

C'était une fort jolie fille de la noblesse polonaise. Elle avait une voix suave comme en ont les anges et en l'entendant les blessés tournaient vers elle leurs yeux moribonds croyant apercevoir la madone.

Elle donnait à Mony des ordres secs de sa voix suave. Il obéissait comme un enfant, étonné de l'énergie de cette jolie fille et de la lueur étrange qui jaillissait parfois de ses yeux verts.

De temps en temps, sa face séraphique devenait dure et un nuage de vices impardonnables semblait obscurcir son front. Il paraissait que l'innocence de cette femme avait des intermittences criminelles.

Mony l'observa, il s'aperçut bientôt que ses doigts s'attardaient plus qu'il n'était besoin dans les plaies.

On apporta un blessé horrible à voir. Sa face était sanglante et sa poitrine ouverte.

L'ambulancière le pansa avec volupté. Elle avait mis sa main droite dans le trou béant et semblait jouir du contact de la chair pantelante.

Tout à coup la goule releva les yeux et aperçut devant elle, de l'autre côté du brancard, Mony qui la regardait en souriant dédaigneusement.

Elle rougit, mais il la rassura :

— Calmez-vous, ne craignez rien, je comprends mieux que quiconque la volupté que vous pouvez éprouver. Moi-même, j'ai les mains impures. Jouissez de ces blessés, mais ne vous refusez pas à mes embrassements.

Elle baissa les yeux en silence. Mony fut bientôt derrière elle. Il releva ses jupes et découvrit un cul merveilleux dont les fesses étaient tellement serrées qu'elles semblaient avoir juré de ne jamais se séparer.

Elle déchirait maintenant fiévreusement et avec un sourire angélique sur les lèvres, la blessure affreuse du moribond. Elle se pencha pour permettre à Mony de mieux jouir du spectacle de son cul.

Il lui introduisit alors son dard entre les lèvres satinées du con, en levrette, et de sa main droite, il lui caressait les fesses, tandis que la gauche allait chercher le clitoris sous les jupons. L'ambulancière jouit silencieusement, crispant ses mains dans la blessure du moribond qui râlait affreusement. Il expira au moment où Mony déchargeait. L'ambulancière le débusqua aussitôt et déculottant le mort dont le membre était d'une raideur de fer, elle se l'enfonça dans le con, jouissant toujours silencieusement et la face plus angélique que jamais.

Mony fessa d'abord ce gros cul qui se dandinait et dont les lèvres du con vomissaient et ravalaient rapidement la colonne cadavérique. Son vit reprit bientôt sa première raideur et se mettant derrière l'ambulancière qui jouissait, il l'encula comme un possédé.

Ensuite, ils se rajustèrent et l'on apporta un beau jeune homme dont les bras et les jambes avaient été emportés par la mitraille. Ce tronc humain possédait encore un beau membre dont la fermeté était idéale. L'ambulancière, aussitôt qu'elle fut seule avec Mony, s'assit sur la pine du tronc qui râlait et pendant cette chevauchée échevelée, suça la pine de Mony qui déchargea bientôt comme un carme. L'homme-tronc n'était pas mort; il saignait abondamment par les moignons des quatre membres. La goule lui téta le vit et le fit mourir sous l'horrible caresse. Le sperme qui résulta de ce taillage de plume, elle l'avoua à Mony, était presque froid et elle paraissait tellement excitée que Mony qui se sentait épuisé, la pria de se dégrafer. Il lui suça les tétons, puis elle se mit à genoux et essaya de ranimer la pine princière en la masturbant entre ses nichons.

— Hélas! s'écria Mony, femme cruelle à qui Dieu a donné pour mission d'achever les blessés, qui es-tu? qui es-tu?

— Je suis, dit-elle, la fille de Jean Morneski, le prince révolutionnaire que l'infâme Gourko envoya mourir à Tobolsk.

» Pour me venger et pour venger la Pologne, ma mère, j'achève les soldats russes. Je voudrais tuer Kouropatkine et je souhaite la mort des Romanoff.

» Mon frère qui est aussi mon amant et qui m'a dépucelée pendant un pogrome à Varsovie, de peur que ma virginité ne devînt la proie d'un Cosaque, éprouve les mêmes sentiments que moi. Il a égaré le régiment qu'il commandait et a été le noyer dans le lac Baïkal. Il m'avait annoncé son intention avant son départ.

» C'est ainsi que nous, Polonais, nous nous vengeons de la tyrannie moscovite.

» Ces fureurs patriotiques ont agi sur mes sens, et mes passions les plus nobles ont cédé à celles de la cruauté. Je suis cruelle, vois-tu, comme Tamerlan, Attila et Ivan le Terrible. J'étais pieuse autrefois comme une sainte. Aujourd'hui, Messaline et Catherine ne seraient que de douces brebis auprès de moi.

Ce ne fut pas sans un frisson que Mony entendit les déclarations de cette exquise putain. Il voulut à tout prix lui lécher le cul en l'honneur de la Pologne et lui apprit comment il avait indirectement trempé dans la conspiration qui coûta l'existence à Alexandre Obrénovitch, à Belgrade.

Elle l'écouta avec admiration.

— Puissé-je voir un jour, s'écria-t-elle, le Tsar défenestré!

Mony qui était un officier loyal protesta contre cette défenestration et avoua son attachement à l'autocratie légitime :

— Je vous admire, dit-il à la Polonaise, mais si j'étais le Tsar je détruirais en bloc tous ces Polonais. Ces ineptes soulauds ne cessent de fabriquer des bombes et rendent la planète inhabitable. A Paris même, ces sadiques personnages, qui ressortissent autant à la Cour d'assises qu'à la Salpêtrière troublent l'existence des paisibles habitants.

— Il est vrai, dit la Polonaise, que mes compatriotes sont des gens peu folâtres, mais qu'on leur rende leur patrie, qu'on les laisse parler leur langue, et la Pologne redeviendra le pays de l'honneur chevaleresque, du luxe et des jolies femmes.

— Tu as raison! s'écria Mony et poussant l'ambulancière sur un brancard, il l'exploita à la paresseuse et tout en foutant, ils devisaient de choses galantes et lointaines. On eût dit d'un décaméron et que les pestiférés les entourassent.

— Femme charmante, disait Mony, échangeons notre foi avec nos âmes.

— Oui, disait-elle, nous nous épouserons après la guerre et nous remplirons le monde du bruit de nos cruautés.

— Je le veux, dit Mony, mais que ce soit des cruautés légales.

— Peut-être as-tu raison, dit l'ambulancière, il n'est rien de si doux que d'accomplir ce qui est permis.

Là-dessus, ils entrèrent en transe, se pressèrent, se mordirent et jouirent profondément.

A ce moment, des cris s'élevèrent, l'armée russe en déroute se laissait culbuter par les troupes japonaises.

On entendait les cris horribles des blessés, le fracas de l'artillerie, le roulement sinistre des caissons et les pétarades des fusils.

La tente fut ouverte brusquement et une troupe de Japonais l'envahit. Mony et l'ambulancière avaient eu à peine le temps de se rajuster.

Un officier japonais s'avança vers le prince Vibescu.

— Vous êtes mon prisonnier! lui dit-il, mais d'un coup de revolver Mony l'étendit raide mort, puis devant les Japonais stupéfaits, il brisa son épée sur ses genoux.

Un autre officier japonais s'avança alors, les soldats entourèrent Mony qui accepta sa captivité et lorsqu'il sortit de la tente en compagnie du petit officier nippon, il aperçut au loin, par la plaine, les fuyards retardataires qui essayaient péniblement de rejoindre l'armée russe en déroute.

8

Prisonnier sur parole, Mony fut libre d'aller et de venir dans le camp japonais. Il chercha en vain Cornabœux. Dans ses allées et venues, il remarqua qu'il était surveillé par l'officier qui l'avait fait prisonnier. Il voulut en faire son ami et parvint à se lier avec lui. C'était un sintoïste assez jouisseur qui lui raconta des choses admirables sur la femme qu'il avait laissée au Japon.

— Elle est rieuse et charmante, disait-il, et je l'adore comme j'adore la Trinité Améno-Mino-Kanoussi-Nô-Kami. Elle est féconde comme Isanagui et Isanami, créateurs de la terre et générateurs des hommes, et belle comme Amatérassou, fille de ces dieux et le soleil lui-même. En m'attendant, elle pense à moi et fait vibrer les treize cordes de son kô-tô en bois de polonia impérial et joue du siô à dix-sept tuyaux.

— Et vous, demanda Mony, n'avez-vous jamais eu envie de baiser depuis que vous êtes en guerre?

— Moi, dit l'officier, quand l'envie me presse trop, je me branle en contemplant des images obscènes! et il exhiba devant Mony de petits livres pleins de gravures sur bois d'une obscénité étonnante. L'un de ces livres montrait des femmes en amour avec toutes sortes de bêtes, des chats, des oiseaux, des tigres, des chiens, des poissons et jusqu'à des poulpes qui, hideux, enlaçaient de leurs tentacules à ventouses les corps des mousmés hystériques.

— Tous nos officiers et tous nos soldats, dit l'officier, ont des livres de ce genre. Ils peuvent se passer de femmes et se branlent en contemplant ces dessins priapiques.

Mony allait souvent visiter les blessés russes. Il retrouvait là l'ambulancière polonaise qui lui avait donné dans la tente de Fédor des leçons de cruauté.

Parmi les blessés se trouvait un capitaine originaire d'Archangel. Sa blessure n'était pas d'une gravité extrême et Mony causait souvent avec lui, assis au chevet de son lit.

Un jour, le blessé, qui se nommait Katache, tendit à Mony une lettre en le priant de la lire. Il était dit dans la lettre que la femme de Katache le trompait avec un marchand de fourrures.

— Je l'adore, dit le capitaine, j'aime cette femme plus que moi-même et je souffre terriblement de la savoir à un autre, mais je suis heureux, affreusement heureux.

— Comment conciliez-vous ces deux sentiments? demanda Mony, ils sont contradictoires.

— Ils se confondent chez moi, dit Katache, et je ne conçois point la volupté sans la douleur.

— Vous êtes donc masochiste? questionna Mony vivement intéressé.

— Si vous voulez! acquiesça l'officier, le masochisme est d'ailleurs conforme aux préceptes de la religion chrétienne. Tenez, puisque vous vous intéressez à moi, je vais vous raconter mon histoire.

— Je le veux bien, dit Mony avec empressement, mais buvez auparavant cette citronnade pour vous rafraîchir le gosier.

Le capitaine Katache commença ainsi :

— Je suis né en 1874 à Archangel, et dès mon jeune âge, je ressentais une joie amère chaque fois que l'on me corrigeait. Tous les malheurs qui fondirent sur notre famille développèrent cette faculté de jouir de l'infortune et l'aiguisèrent.

Cela venait de trop de tendresse assurément. On assassina mon père, et je me souviens qu'ayant alors quinze ans, j'éprouvai à cause de ce trépas ma première jouissance. Le saisissement et l'effroi me firent éjaculer. Ma mère devint folle, et lorsque j'allais la visiter à l'asile, je me branlais en l'écoutant extravaguer d'une façon immonde, car elle se croyait changée en tinette, monsieur, et décrivait des culs imaginaires qui chiaient dans elle. Il fallut l'enfermer le jour qu'elle se figura que la fosse était pleine. Elle devint dangereuse et demandait à grands cris les vidangeurs pour la vider. Je l'écoutais péniblement. Elle me reconnaissait.

— Mon fils, disait-elle, tu n'aimes plus ta mère, tu fréquentes d'autres cabinets. Assieds-toi sur moi et chie à ton aise.

Où peut-on mieux chier qu'en le sein de sa mère?

Et puis, mon fils, ne l'oublie pas, la fosse est pleine. Hier, un marchand de bière qui est venu chier dans moi avait la colique. Je déborde, je n'en puis plus. Il faut absolument faire venir les vidangeurs.

Le croiriez-vous, monsieur, j'étais profondément dégoûté et peiné aussi, car j'adorais ma mère, mais je sentais en même temps un plaisir indicible à entendre ces paroles immondes. Oui, monsieur, je jouissais et me branlais.

On me poussa dans l'armée et je pus, grâce à mes influences, rester dans le Nord. Je fréquentais la famille d'un pasteur protestant établi à Archangel, il était anglais et avait une fille si merveilleuse que mes descriptions ne vous la montreraient pas à moitié aussi belle qu'elle l'était en réalité. Un jour que nous dansions pendant une sauterie de famille, après la valse, Florence plaça, comme par hasard, sa main entre mes cuisses en me demandant :

— Bandez-vous?

Elle s'aperçut que j'étais dans un état d'érection terrible; mais elle sourit en me disant :

— Et moi aussi je suis toute mouillée, mais ce n'est pas en votre honneur. J'ai joui pour Dyre.

Et elle alla câlinement vers Dyre Kissird qui était un commis-voyageur norvégien. Ils plaisantèrent un instant, puis la musique ayant attaqué une danse, ils partirent enlacés et se regardant amoureusement. Je souffrais le martyre. La jalousie me mordait le cœur. Et si Florence était désirable je la désirai bien plus du jour où je sus qu'elle ne m'aimait pas. Je déchargeai en la voyant danser avec mon rival. Je me les figurais au bras l'un de l'autre et je dus me détourner pour qu'on ne vît point mes larmes.

Alors, poussé par le démon de la concupiscence et de la jalousie, je me jurai qu'elle devait être ma femme. Elle est étrange, cette Florence, elle parle en quatre langues : français, allemand, russe et anglais, mais elle n'en connaît, en réalité, aucune et le jargon qu'elle emploie a une saveur de sauvagerie. Je parle moi-même très bien le français et je connais à fond la littérature française, surtout les poètes de la fin du XIXe siècle. Je faisais pour Florence des vers que j'appelais symbolistes et qui reflétaient simplement ma tristesse.

L'anémone a fleuri dans le nom d'Archangel
Quand les anges pleuraient d'avoir des engelures.
Et le nom de Florence a soupiré conclure
Les serments en vertige aux degrés de l'échelle.

Des voix blanches chantant dans le nom d'Archangel
Ont modulé souvent des nénies de Florence
Dont les fleurs, en retour, plaquaient de lourdes tran-
[ses
Les plafonds et les murs qui suintent au dégel.

O Florence! Archangel!

L'une : baie de laurier, mais l'autre : herbe angélique,
Des femmes, tour à tour, se penchent aux margelles
Et comblent le puits noir de fleurs et de reliques,
De reliques d'archange et de fleurs d'Archangel!

La vie de garnison dans le nord de la Russie est, en temps de paix, pleine de loisirs. La chasse et les devoirs mondains s'y partagent la vie du militaire. La chasse n'avait que peu d'attraits pour moi et mes occupations mondaines étaient résumées par ces quelques mots : obtenir Florence que j'aime et qui ne m'aime pas. Ce fut un dur labeur. Je souffrais mille fois la mort car Florence me détestait de plus en plus, se moquait de moi et fleuretait avec des chasseurs d'ours blancs, des marchands scandinaves et même un jour qu'une misérable troupe française d'opérette était venue donner des représentations dans nos brumes lointaines, je surpris Florence, pendant une aurore boréale, patinant main dans la main avec le ténor, un bouc répugnant, né à Carcassonne.

Mais j'étais riche, monsieur, et mes démarches n'étaient pas indifférentes au père de Florence, que j'épousai finalement.

Nous partîmes pour la France et en route elle ne me permit jamais même de l'embrasser. Nous arrivâmes à Nice en février, pendant le carnaval.

Nous louâmes une villa et un jour de bataille de fleurs, Florence m'avisa qu'elle avait décidé de perdre sa virginité le soir même. Je crus que mon amour allait être récompensé. Hélas! mon calvaire voluptueux commençait.

Florence ajouta que ce n'était pas moi qu'elle avait élu pour remplir cette fonction.

— Vous êtes trop ridicule, dit-elle, et vous ne sauriez pas. Je veux un Français, les Français sont galants et s'y connaissent en amour. Je choisirai moi-même mon élargisseur pendant la fête.

Habitué à l'obéissance, je courbai la tête. Nous allâmes à la bataille de fleurs. Un jeune homme à l'accent nissard ou monégasque regarda Florence. Elle tourna la tête en souriant. Je souffrais plus qu'on ne souffre dans aucun des cercles de l'enfer dantesque.

Pendant la bataille de fleurs nous le revîmes. Il était seul dans une voiture ornée d'une profusion de fleurs rares. Nous étions dans une victoria où l'on devenait fou, car Florence avait voulu qu'elle fût entièrement décorée de tubéreuses.

Lorsque la voiture du jeune homme croisait la nôtre, il jetait des fleurs à Florence qui le regardait amoureusement en lançant des bouquets de tubéreuses.

A un tour, énervée, elle lança très fort son bouquet, dont les fleurs et les tiges, molles et visqueuses, laissèrent une tache sur le vêtement de flanelle du bellâtre. Aussitôt Florence s'excusa et, descendant sans façon, monta dans la voiture du jeune homme.

C'était un riche Niçois enrichi par le commerce d'huile d'olives que lui avait laissé son père.

Prospéro, c'était le nom du jeune homme, reçut ma femme sans façon et à la fin de la bataille, sa voiture eut le premier prix et la mienne le second. La musique jouait. Je vis ma femme tenir la bannière gagnée par mon rival qu'elle embrassait à pleine bouche.

Le soir, elle voulut absolument dîner avec moi et Prospéro qu'elle amena dans notre villa. La nuit était exquise et je souffrais.

Dans la chambre à coucher, ma femme nous fit entrer tous les deux, moi triste jusqu'à la mort et Prospéro très étonné et un peu gêné de sa bonne fortune.

Elle m'indiqua un fauteuil en disant :

— Vous allez assister à une leçon de volupté, tâchez d'en profiter.

Puis elle dit à Prospéro de la déshabiller; il le fit avec une certaine grâce.

Florence était charmante. Sa chair ferme, et plus grasse qu'on n'aurait supposé, palpitait sous la main du Nissard. Il se déshabilla lui aussi et son membre bandait. Je m'aperçus avec plaisir qu'il n'était pas plus gros que le mien. Il était même plus petit et pointu. C'était en somme un vrai vit à pucelage. Tous deux étaient charmants; elle, bien coiffée, les yeux pétillant de désir, rose dans sa chemise de dentelle.

Prospéro lui suça les seins, qui pointaient pareils à des colombes roucoulantes et, passant sa main sous la chemise, il la branla un petit peu tandis qu'elle s'amusait à baisser le vit qu'elle lâchait et qui revenait claquer sur le ventre du jeune homme. Je pleurais dans mon fauteuil. Tout à coup, Prospéro prit ma femme dans ses bras et lui souleva la chemise par-derrière; son joli cul rebondi apparut troué de fossettes.

Prospéro la fessa tandis qu'elle riait, les roses se mêlèrent aux lys sur ce derrière. Elle devint bientôt sérieuse disant :

— Prends-moi.

Il l'emporta sur le lit et j'entendis le cri de douleur que poussa ma femme quand l'hymen déchiré eut livré passage au membre de son vainqueur.

Ils ne prenaient plus garde à moi qui sanglotais, jouissant pourtant de ma douleur car n'y tenant plus, je sortis bientôt mon membre et me branlai en leur honneur.

Ils baisèrent ainsi une dizaine de fois. Puis ma femme, comme si elle s'apercevait de ma présence, me dit :

— Viens voir, mon cher mari, le beau travail qu'a fait Prospéro.

Je me rapprochai du lit, le vit en l'air, et ma femme voyant mon membre plus gros que celui de Prospéro en conçut pour lui un grand mépris. Elle me branla en disant :

— Prospéro, votre vit ne vaut rien, car celui de mon mari qui est un idiot est plus gros que le vôtre. Vous m'avez trompée. Mon mari va me venger. André — c'est moi — fouette cet homme jusqu'au sang.

Je me jetai sur lui et saisissant un fouet de chien qui était sur la table de nuit, je le cravachai avec toute la force que me donnait ma jalousie. Je le fouettai longtemps. J'étais plus fort que lui et à la fin ma femme en eut pitié. Elle le fit s'habiller et le renvoya avec un adieu définitif.

Quand il fut parti, je crus que c'en était fini de mes malheurs. Hélas! elle me dit :

— André, donnez votre vit.

Elle me branla, mais ne me permit pas de la toucher. Ensuite, elle appela son chien, un beau danois, qu'elle branla un instant. Quand son vit pointu fut en érection, elle fit monter le chien sur elle, en m'ordonnant d'aider la bête dont la langue pendait et qui haletait de volupté.

Je souffrais tant que je m'évanouis en éjaculant. Quand je revins à moi, Florence m'appelait à grands cris. Le pénis du chien une fois entré ne voulait plus sortir. Tous deux, la femme et la bête, depuis une demi-heure, faisaient des efforts infructueux pour se détacher. Une nodosité retenait le vit du danois dans le vagin resserré de ma femme. J'employai de l'eau fraîche qui bientôt leur rendit la liberté. Ma femme n'eut plus envie de faire l'amour avec les chiens depuis ce jour-là. Pour me récompenser, elle me branla et puis m'envoya me coucher dans ma chambre.

Le lendemain soir, je suppliai ma femme de me laisser remplir mes droits d'époux.

— Je t'adore, disais-je, personne ne t'aime comme moi, je suis ton esclave. Fais de moi ce que tu veux.

Elle était nue et délicieuse. Ses cheveux étaient éparpillés sur le lit, les fraises de ses seins m'attiraient et je pleurais. Elle me sortit le vit et lentement, à petits coups, me branla. Puis elle sonna, et une jeune femme de chambre qu'elle avait prise à Nice vint en chemise, car elle s'était couchée. Ma femme me fit reprendre place dans le fauteuil, et j'assistai aux ébats des deux tribades qui, fiévreusement, jouirent en sifflant, en bavant. Elles se firent minette, se branlèrent sur la cuisse l'une de l'autre, et je voyais le cul de la jeune Ninette, gros et ferme, se soulever au-dessus de ma femme dont les yeux étaient noyés de volupté.

Je voulus m'approcher d'elles, mais Florence et Ninette se moquèrent de moi et me branlèrent, puis se replongèrent dans leurs voluptés contre nature.

Le lendemain, ma femme n'appela pas Ninette, mais ce fut un officier de chasseurs alpins qui vint me faire souffrir. Son membre était énorme et noirâtre. Il était grossier, m'insultait et me frappait.

Quand il eut baisé ma femme, il m'ordonna de venir près du lit et prenant la cravache à chien, il m'en cingla le visage. Je poussai un cri de douleur. Hélas! un éclat de rire de ma femme me redonna cette volupté âcre que j'avais déjà éprouvée.

Je me laissai déshabiller par le cruel soldat qui avait besoin de fouetter pour s'exciter.

Quand je fus nu, l'Alpin m'insulta, il m'appela : *cocu, cornard, bête à cornes*, et levant la cravache, il l'abattit sur mon derrière, les premiers coups furent cruels. Mais je vis que ma femme prenait goût à ma souffrance, son plaisir devint le mien. Moi-même, je pris plaisir à souffrir.

Chaque coup me tombait comme une volupté un peu violente sur les fesses. La première cuisson était aussitôt changée en chatouillement exquis et je bandais. Les coups m'eurent bientôt arraché la peau, et le sang qui sortait de mes fesses me réchauffait étrangement. Il augmenta beaucoup ma jouissance.

Le doigt de ma femme s'agitait dans la mousse qui ornait son joli con. De l'autre main elle branlottait mon bourreau. Les coups, tout à coup, redoublèrent et je sentis que le moment du spasme approchait pour moi. Mon cerveau s'enthousiasma; les martyrs dont s'honore l'Eglise doivent avoir de ces moments.

Je me levai, sanglant et bandant, et me précipitai sur ma femme.

Ni elle ni son amant ne purent m'en empêcher. Je

tombai dans les bras de mon épouse et mon membre n'eut pas plus tôt touché les poils adorés de son con que je déchargeai en poussant des cris horribles.

Mais aussitôt l'Alpin m'arracha de mon poste; ma femme, rouge de rage, dit qu'il fallait me punir.

Elle prit des épingles et me les enfonça dans le corps, une à une, avec volupté. Je poussais des cris de douleur effroyables. Tout homme aurait eu pitié de moi. Mais mon indigne femme se coucha sur le lit rouge et, les jambes écartées, elle tira son amant par son énorme vit d'âne, puis écartant les poils et les lèvres de son con, elle s'enfonça le membre jusqu'aux couilles, tandis que son amant lui mordait les seins et que je me roulais comme un fou sur le sol, enfonçant toujours davantage ces épingles douloureuses.

Je me réveillai dans les bras de la jolie Ninette qui, accroupie sur moi, m'arrachait les épingles. J'entendais ma femme, dans la pièce à côté, jurer et crier en jouissant dans les bras de l'officier. La douleur des épingles que m'arrachait Ninette et celle que me causait la jouissance de ma femme me firent bander atrocement.

Ninette, je l'ai dit, était accroupie sur moi, je la saisis par la barbe du con et je sentis la fente humide sous mon doigt.

Mais hélas! à ce moment la porte s'ouvrit et un horrible *botcha*, c'est-à-dire un aide-maçon piémontais, entra.

C'était l'amant de Ninette, et il se mit dans une grande fureur. Il releva les jupes de sa maîtresse et se mit à la fesser devant moi. Puis il détacha sa ceinture de cuir et la fustigea avec. Elle criait :

— Je n'ai pas fait l'amour avec mon maître.

— C'est pour cela, dit le maçon, qu'il te tenait par les poils du cul.

Ninette se défendait en vain. Son gros cul de brune tressautait sous les coups de la lanière qui sifflait et parcourait l'air comme un serpent qui s'élance. Elle eut bientôt le derrière en feu. Elle devait aimer ces corrections car elle se retourna et saisissant son amant par la braguette, elle le déculotta et sortit un vit et des couilles dont le tout devait peser au moins trois kilos et demi.

Le cochon bandait comme un salaud. Il se coucha sur Ninette qui croisa ses jambes fines et nerveuses sur le dos de l'ouvrier. Je vis le gros membre entrer dans un con velu qui l'avala comme une pastille et le revomit comme un piston. Ils furent longs à jouir et leurs cris se mêlaient à ceux de ma femme.

Quand ils eurent fini, le botcha qui était roux se releva et, voyant que je me branlais, m'insulta et, reprenant sa lanière, me fustigea de tous côtés. La lanière me faisait un mal terrible, car j'étais faible et je n'avais plus assez de force pour sentir la volupté. La boucle m'entrait cruellement dans les chairs. Je criais :

— Pitié!...

Mais à ce moment, ma femme entra avec son amant et comme un orgue de barbarie jouait une valse sous nos fenêtres, les deux couples débraillés se mirent à danser sur mon corps, m'écrasant les couilles, le nez et me faisant saigner de toutes parts.

Je tombai malade. Je fus vengé aussi car le botcha tomba d'un échafaudage en se brisant le crâne et l'officier alpin, ayant insulté un de ses camarades, fut tué par lui en duel.

Un ordre de Sa Majesté m'appela à servir en Extrême-Orient et j'ai quitté ma femme qui me trompe toujours...

C'est ainsi que Katache termina son récit. Il avait

enflammé Mony et l'infirmière polonaise, qui était entrée vers la fin de l'histoire et l'écoutait frémissant de volupté contenue.

Le prince et l'infirmière se précipitèrent sur le malheureux blessé, le découvrirent, et saisissant des hampes de drapeaux russes qui avaient été pris dans la dernière bataille et gisaient épars sur le sol, ils se mirent à frapper le malheureux dont le derrière sursautait à chaque coup. Il délirait :

— O ma chère Florence, est-ce encore ta main divine qui me frappe? Tu me fais bander... Chaque coup me fait jouir... N'oublie pas de me branler... Oh! c'est bon. Tu frappes trop fort sur les épaules... Oh! ce coup a fait jaillir mon sang... C'est pour toi qu'il coule... mon épouse... ma tourterelle... ma petite mouche chérie...

La putain d'infirmière tapait comme jamais on n'a tapé. Le cul du malheureux se haussait, livide et taché d'un sang pâle par endroits. Le cœur de Mony se serra, il reconnut sa cruauté, sa fureur se tourna contre l'indigne infirmière. Il lui souleva les jupes et se mit à la frapper. Elle tomba sur le sol, remuant sa croupe de salaude qu'un grain de beauté relevait.

Il tapa de toutes ses forces, faisant jaillir le sang de la chair satinée.

Elle se retourna criant comme une possédée. Alors le bâton de Mony s'abattit sur le ventre, faisant un bruit sourd.

Il eut une inspiration de génie, et, prenant à terre l'autre bâton que l'infirmière avait abandonné, il se mit à rouler du tambour sur le ventre nu de la Polonaise. Les *ras* succédaient aux *flas* avec une rapidité vertigineuse et le petit Bara, de glorieuse mémoire, ne battit pas si bien la charge sur le pont d'Arcole.

Finalement, le ventre creva; Mony battait toujours

et hors de l'infirmerie les soldats japonais, croyant à un appel aux armes, se réunissaient. Les clairons sonnèrent l'alerte dans le camp. De toutes parts, les régiments s'étaient formés, et bien leur en prit, car les Russes venaient de prendre l'offensive et s'avançaient vers le camp japonais. Sans la tambourinade du prince Mony Vibescu, le camp japonais était pris. Ce fut d'ailleurs la victoire décisive des Nippons. Elle est due à un sadique roumain.

Tout à coup, quelques infirmiers portant des blessés entrèrent dans la salle. Ils aperçurent le prince battant dans le ventre ouvert de la Polonaise. Ils virent le blessé saignant et nu sur son lit.

Ils se précipitèrent sur le prince, le ligotèrent et l'emmenèrent.

Un conseil de guerre le condamna à la mort par la flagellation et rien ne put fléchir les juges japonais. Un recours en grâce auprès du Mikado n'eut aucun succès.

Le prince Vibescu en prit bravement son parti et se prépara à mourir en véritable hospodar héréditaire de Roumanie.

9

enfin ce pucelage, faisant couler le sang innocent.

Alors Mony se releva et, comme il n'avait plus rien à espérer de la justice humaine, il étrangla la petite fille après lui avoir crevé les yeux, tandis qu'elle poussait des cris épouvantables.

Les soldats japonais entrèrent alors et le firent sortir. Un héraut lut la sentence dans la cour de la prison, qui était une ancienne pagode chinoise d'une architecture merveilleuse.

La sentence était brève : le condamné devait recevoir un coup de verge de chaque homme composant l'armée japonaise campée dans cet endroit. Cette armée comportait onze mille unités.

Et tandis que le héraut lisait, le prince se remémora sa vie agitée. Les femmes de Bucarest, le vice-consul de Serbie, Paris, l'assassinat en sleeping-car, la petite Japonaise de Port-Arthur, tout cela vint danser dans sa mémoire.

Un fait se précisa. Il se rappela le boulevard Malesherbes; Culculine en robe printanière trottinait vers la Madeleine et lui, Mony, lui disait :

— Si je ne fais pas vingt fois l'amour de suite, que les onze mille vierges ou onze mille verges me châtient.

Il n'avait pas baisé vingt fois de suite, et le jour était arrivé où onze mille verges allaient le châtier.

Il en était là de son rêve lorsque les soldats le secouèrent et l'amenèrent devant ses bourreaux.

Les onze mille Japonais étaient rangés sur deux rangs, face à face. Chaque homme tenait une baguette flexible. On déshabilla Mony, puis il dut marcher dans cette route cruelle bordée de bourreaux. Les premiers coups le firent seulement tressaillir. Ils s'abattaient sur une peau satinée et laissaient des marques rouge sombre. Il supporta stoïquement les mille premiers coups, puis tomba dans son sang le vit dressé.

On le mit alors sur une civière et la lugubre promenade, scandée par les coups secs des baguettes qui tapaient sur une chair enflée et saignante, continua. Bientôt son vit ne put plus retenir le jet spermatique et, se redressant à plusieurs fois, cracha son liquide blanchâtre à la face des soldats qui tapèrent plus fort sur cette loque humaine.

Au deux millième coup, Mony rendit l'âme. Le soleil était radieux. Les chants des oiseaux mandchous rendaient plus gaie la matinée pimpante. La sentence s'exécuta et les derniers soldats frappèrent leur coup de baguette sur une loque informe, sorte de chair à saucisse où l'on ne distinguait plus rien, sauf le visage qui avait été soigneusement respecté et où les yeux vitreux grands ouverts semblaient contempler la majesté divine dans l'au-delà.

A ce moment un convoi de prisonniers russes passa près du lieu de l'exécution. On le fit arrêter pour impressionner les Moscovites.

Mais un cri retentit suivi de deux autres. Trois prisonniers s'élancèrent et comme ils n'étaient point enchaînés, se précipitèrent sur le corps du supplicié qui venait de recevoir le onze millième coup de verge. Ils se jetèrent à genoux et embrassèrent, avec dévotion et en versant des larmes, la tête sanglante de Mony. Les soldats japonais, un moment stupéfaits, reconnurent bientôt que si l'un des prisonniers était un homme et même un colosse, les deux autres étaient de jolies femmes déguisées en soldats. C'était en effet Cornabœux, Culculine et Alexine qui avaient été pris après le désastre de l'armée russe.

Les Japonais respectèrent d'abord leur douleur, puis, aguichés par les deux femmes, se mirent à les lutiner. On laissa Cornabœux à genoux près du cadavre de son maître et l'on déculotta Culculine et Alexine qui se débattirent en vain.

Leurs beaux culs blancs et agités de jolies Parisiennes apparurent bientôt aux regards émerveillés des soldats. Ils se mirent à fouetter doucement et sans rage ces charmants postérieurs qui remuaient comme des lunes ivres et, quand les jolies filles essayaient de se relever, on apercevait en dessous les poils de leurs chats qui bayaient.

Les coups cinglaient l'air et, tombant à plat, mais pas trop fort, marquaient un instant les culs gras et fermes des Parisiennes, mais bientôt les marques s'effaçaient pour se reformer à l'endroit où la verge venait de nouveau frapper.

Quand elles furent convenablement excitées, deux officiers japonais les emmenèrent sous une tente et là les baisèrent une dizaine de fois en hommes affamés par une très longue abstinence.

Ces officiers japonais étaient des gentilshommes de grandes familles. Ils avaient fait de l'espionnage en France et connaissaient Paris. Culculine et Alexine n'eurent pas de peine à leur faire promettre qu'on leur livrerait le corps du prince Vibescu qu'elles firent passer pour leur cousin et elles se donnèrent comme deux sœurs.

Il y avait parmi les prisonniers un journaliste français, correspondant d'un journal de province. Avant la guerre, il était sculpteur, non sans quelque mérite, et se nommait Genmolay. Culculine alla le trouver pour le prier de sculpter un monument digne de la mémoire du prince Vibescu.

La fouettade était la seule passion de Genmolay. Il ne demanda à Culculine que de la fouetter. Elle accepta et vint, à l'heure indiquée, avec Alexine et Cornabœux. Les deux femmes et les deux hommes se mirent nus. Alexine et Culculine se mirent sur un lit, la tête en bas et le cul en l'air, et les deux robustes Français, armés de verges, se mirent à les frapper de façon à ce que la plupart des coups tombassent dans les raies culières ou sur les cons qui, à cause de la position, ressortaient admirablement. Ils frappaient s'excitant mutuellement. Les deux femmes souffraient le martyre, mais l'idée que leurs souffrances allaient procurer à Mony une sépulture convenable les soutint jusqu'au bout de cette singulière épreuve.

Ensuite Genmolay et Cornabœux s'assirent et se firent sucer leurs gros vits pleins de sève, tandis que de leurs verges ils frappaient toujours sur les postérieurs tremblants des deux jolies filles.

Le lendemain, Genmolay se mit à l'ouvrage. Il eut bientôt terminé un monument funéraire étonnant. La statue équestre du prince Mony le surmontait.

Sur le socle, des bas-reliefs représentaient les actions d'éclat du prince. On le voyait d'un côté quittant en ballon Port-Arthur assiégé et de l'autre il était représenté en protecteur des arts qu'il venait étudier à Paris.

....

Le voyageur qui parcourt la campagne mandchoue entre Moukden et Dalny aperçoit tout à coup, non loin d'un champ de bataille encore semé d'ossements, une tombe monumentale en marbre blanc. Les Chinois qui labourent à l'entour la respectent et la mère mandchoue, répondant aux questions de son enfant, lui dit :

— C'est un cavalier géant qui protégea la Mandchourie contre les diables occidentaux et ceux de l'Orient.

Mais le voyageur, généralement s'adresse plus volontiers au garde-barrière du transmandchourien. Ce garde est un Japonais aux yeux bridés et vêtu comme un employé du P.-L.-M. Il répond modestement :

— C'est un tambour-major nippon qui décida de la victoire de Moukden.

Mais si, curieux de se renseigner exactement, le voyageur s'approche de la statue, il reste longtemps pensif après avoir lu ces vers gravés sur le socle :

Ci-gît le prince Vibescu
Unique amant des onze mille verges
Mieux vaudrait, passant! sois-en convaincu
Dépuceler les onze mille vierges

704

Achevé d'imprimer en France (La Flèche)
par Brodard et Taupin le 31 janvier 2006 – 33643.
Dépôt légal janvier 2006. ISBN 2-290-30595-2
1er dépôt légal dans la collection : septembre 1976

Éditions J'ai lu
87, quai Panhard-et-Levassor, 75013 Paris
Diffusion France et étranger : Flammarion